图为 2013 年 4 月，作者诗集《天涯漫记》出版发行座谈会合影。

——《天涯漫记》系列之二

天 涯 絮 语

孙福昌　著

中国文联出版社
http://www.clapnet.cn

图书在版编目（CIP）数据

天涯絮语 / 孙福昌著. –– 北京：中国文联出版社, 2015.1

ISBN 978-7-5059-9607-6

Ⅰ. ①天… Ⅱ. ①孙… Ⅲ. ①诗集－中国－当代 Ⅳ. ①I227

中国版本图书馆CIP数据核字(2015)第008914号

天涯絮语

作　者：孙福昌　著	
出 版 人：朱　庆	
终 审 人：奚耀华	复 审 人：姚莲瑞
责任编辑：陈若伟	责任校对：傅泉泽
封面设计：三鼎甲	责任印制：周　欣

出版发行　中国文联出版社

地　　址：北京市朝阳区农展馆里10号，100125

电　　话：010-65389147（咨询）65067803（发行）65389150（邮购）

传　　真：010-65933115（总编室），010-65033859（发行部）

网　　址：http://www.clapnet.cn

E－m a i l：clap@clapnet.cn　　chenrw@clapnet.cn

印　　刷：北京紫瑞利印刷有限公司

装　　订：北京紫瑞利印刷有限公司

法律顾问：北京天驰洪范律师事务所徐波律师

本书如有破损、缺页、装订错误，请与本社联系调换

开　　本：710mm×1000mm		1/16	
字　　数：238千字		印张：15.5	
版　　次：2015年3月第1版		印次：2015年3月第1次印刷	
书　　号：ISBN 978-7-5059-9607-6			
定　　价：35.00元			

Contents 『目录』

第二辑　古韵流芳

第三辑　田园风情

第四辑　玉岸拾贝

序

　　诗词艺术乃中华民族传统文化之精华，民族艺术之瑰宝。它与京剧一样，当属中华民族文化的国粹。中华民族历史悠久，传统文化源远流长。诗词的兴起、发展和繁荣，伴随着整个中华民族的发展史。她以讴歌先进，歌颂山河，揭露落后，鞭挞腐败，痛击外敌等多种形式，促进和推动了中华民族之兴旺、发达和富强。

　　早在上古时期，我们的祖先就开始创作诗词。在古文献《尚书》和《易经》中就有诗词语言的运用。《诗经》中许多脍炙人口的篇章，是上古先民口头传诵下来的作品，作者既有文人士子，又有普通平民等；诗词有的表现爱情，有的歌颂劳作，有的鞭挞统治者，有的祈求五谷丰登和幸福安康等，自春秋战国时始，《诗经》便成了读书人之必修科目。正是在此社会环境中，涌现出了屈原这一优秀的浪漫主义诗人，创作出了《离骚》、《九歌》、《九章》、《天问》等一系列流传千古之不朽著作。从秦至汉魏六朝，诗歌又有了重大发展，不仅在体裁样式上由《诗经》的四言体和楚词的骚体转变为以五言诗为主，而且更加重视音韵，注意区别四声。

　　唐朝自贞观之治以来，随着政局的稳定和经济的发展，国力逐步强盛，带动了诗词的发展，如五言诗和七言诗之格律已经形成，并臻于完善，相继涌现出了李白、杜甫、白居易、王勃、骆宾王、孟浩然、王维、王昌龄、高适、

1

岑参等一大批灿若星河的诗坛俊秀。

至宋代，除了五言诗、七言诗之外，源于汉魏乐府和隋唐燕乐而肇始于盛唐的、音乐化的诗歌体裁——"词"，以其严谨的格律、凝重的语言，和谐的音韵和深邃的意境表现出来的无穷艺术魅力和美学价值，堪与唐律佳作媲美。

元代诗词艺术成就相对逊色，但散曲异军突起，成为我国诗歌艺术又一新的样式。

明清时期，诗词诸体具备，虽在体裁创制和风格革新方面可称道者不多，但亦涌现了一些诗词名家和优秀作品。

近代，在帝国主义列强的侵略和奴役下，我国逐渐沦为半封建、半殖民地社会。在此社会恶境下，全国各地反帝反封建斗争风起云涌，一些民族民主革命的精英们，如旧民主主义革命时期的章炳麟、秋瑾等志士以及新民主主义革命的领导者、伟大的无产阶级革命家毛泽东、周恩来、朱德、董必武、叶剑英、陈毅等，用诗词的形式慷慨高歌，抒发革命豪情和崇高理想；有些诗词痛击封建主义、帝国主义的剥削和侵略等行径。他们的诗词佳作，其思想性和艺术性均达到了极高的境界，甚至成了千古绝唱。

新中国成立后，大批诗人、词人用诗词形式讴歌社会主义革命和建设，如郭沫若、臧克家、李季、郭小川、贺敬之等亦创作和发表了大量力作，既促进了政治和经济建设，又推动了诗词艺术的发展和繁荣。中华民族诗词艺术的存继，需要千百万后来人传承；中华民族的诗词艺术的发展，需要千百万中青年诗词爱好者创新。诗词创作当然需要专业、专职诗家、词家担纲主力，但是，大量忠诚供职于某一职业的专家、教授、学者、领导干部、公务员、职员等劳动者在工作之余利用业余时间撰写有感而发、顺情而抒的诗词，亦是一支重要的生力军。

我们的学生孙福昌同志的这本诗词集，表明他就是这支生力军中的践行者。我们认为，不能视业余诗词者是好高骛远，是不务正业，是自娱自乐，是搞文字游戏等，而应当认识到，业余创作诗词是继承和发扬祖国优秀文化遗产精华——诗词的行动，是为对祖国欣欣向荣、雄伟成就的高亢讴歌，是鼓舞人民奋发向前的精神战鼓，是对抨击落后思想意识之警示，是对外国强权政治、霸权主义者的反击等。回顾我国历史上的著名诗人、词人，领略中国历史上的许多革命领袖和国家领导人等，不都是在做好本职的同时，顺势、适时地创作出大量流芳百世的佳作吗？这其中，首推当属毛泽东同志所创作的大量诗词。我们还认为，坚持业余创作诗词，是传承和推动诗词艺术不断丰富和发展的十分重要的形式；亦认为，群众性的、业余创作诗词是一种潮流和如同长江后浪推前浪、一代新人胜前人的历史发展规律。孙福昌同志业余创作诗词契合了这种潮流，顺应了历史规律。精神可嘉，收获可贺。

反复细读孙福昌同志的诗词集，我们认为，有如下几个主要特点：

1. 全力忙公务，余时著诗文。从诗集中可知，他工作勤奋努力，积极进取；与此同时，抓紧甚至挤出节假日、八小时之外的休息时间写作诗词，本诗集130首，就是例证。

2. 讴歌先进，鼓舞众人。诗词的重要作用之一，就是歌颂、讴歌英模，助推建设等，本诗集中就有此类诗词，例如，《赠京沪建设者》、《救灾抗暴雪》等。

3. 真情抒怀，赞美河山。我们祖国地大物博，山川秀美，风景如画。孙福昌在考察和检查工作之余，抽空观山看景，拍摄成册，附于诗下，既歌颂祖国大好河山，又图文并茂彰显美景，读后观后，使人如临其境，心悦振奋。例如，《韶山冲》、《羊城抒怀》、《登泰山》等。

4. 尊师重友，互促进取。孙福昌做人低调，为人亲善，待人热情，帮人无私等，因此，他与师友关系融洽，互帮坦诚，共进为乐。例如，诗集中的《师生情》、《聚友感怀》、《同窗共勉》等。

5. 古新搭配，用典随机。该诗集中既有古五言诗、七言诗，新古代诗词形式的诗，又有近现代涌现出来的自由体新诗词。无论何种体裁诗词，都表现出重音韵，讲节奏，但在情怀、意境需要之时，不因格律而伤其喻意与秉性，而随机定珠。该诗集中是否有"词"值得研究，但从有四言体和上阕、下阕的形式与内容观之，疑似"词"体尚有。

多年以来，孙福昌同志虽因工作繁忙写作时断时续，但思绪和创作却一直从未停止过。他忙里偷闲，一遇余暇就执笔写作。正如他在"后记"中所言，本来写诗词无发表之心，也无扬名之意，只是言志抒怀而已。近来，在师友、亲朋的建议和催促下，才整理成册并出版，以作为爱诗写诗的总结，人生记录的一部分立此存照。

阅读该诗集，我们感到它真实地记录作者的人生体悟，所思所想的心路历程。诗集题材广泛，内容丰富，思想深沉，激情迸发，颇富人生哲理、生活情趣和创新气派。作品形式多样，表现手法各异，既有格律体旧诗，又有新古体诗，还有自由体新诗，甚至还有"词"，均把注重其魂、言志抒怀、表达情意置于首位。上述内容，让人读后深受启发，催人奋进，挚爱河山，共振中华等。当然，个别诗词，在办音合律上稍有可推敲之处，但就诗集整体而言，乃系白璧微瑕，瑕不掩瑜。

2012 年 11 月 8 日胡锦涛同志在中国共产党第十八次全国代表大会报告中指出："坚定不移沿着中国特色社会主义道路前进，为全面建成小康社会而奋斗"。新任总书记习近平同志要求全党全国各族人民在 2020 年完成这个艰巨而又光荣的历史重任，这就表明，需要全党全国各族人民，亿万志士同仁，齐心协力，进行艰苦卓绝、英勇顽强的努力。

希望孙福昌同志，以毛泽东同志的"雄关漫道真如铁，而今漫步从头越"教导为座右铭，为国家建成小康社会多给力；为繁荣和促进中华诗词艺术发扬光大迸发正能量！

特以此共勉！

是为序

中国政法大学教授、博士生导师
中国刑事诉讼法学研究会顾问
《中国法学》杂志原总编辑、教授

2012 年 11 月 18 日于中国政法大学

创作感言

我的诗集《天涯漫记》自出版发行以来,深得社会各界人士的好评。得到单位同事及广大读者朋友的关爱,并受到书法界人士的青睐;现已有 30 余家新闻媒体予以报道,并入围第六届鲁迅文学奖;在不到一年时间即售罄,这是我当初没有预料到的。至今,还有许多读者朋友打来电话或发短信向我谈及此诗集或询问购买途径,也有很多读者朋友建议和要求此诗集再版发行,这是令人愉悦的事情。

此诗集之所以能够引起社会的较大反响和众多朋友的关注,综合社会各界朋友的反映,我认为主要有两个方面的原因:一是这部作品形式图文并茂,内容表达积极健康,奋发向上,反映了中华民族的主流文化、主流价值和主流思想,更重要的是完全契合党的十八大精神的主旋律,弘扬了中华民族的主流文化和中国社会主义核心价值观;二是作品符合时代的发展要求,立足于我们生活的环境、生存的社会、养育的人民以及脚下的土地,讴歌了祖国的大好河山,反映了行业干部职工的精神风貌和文化生活。

什么是诗歌?德国作家海因里希·伯尔曾经说:"你如果架一座桥,你会做很多计算,所有的计算都是科学的。但是最后无论你计算得多精确,总会有那么 0.5 毫米的误差"。这个误差是什么?他说这个误差就是诗歌,就是上帝,就是虚无。在客观世界总有 0.5 毫米你算不到的地方,那大概就是上帝存在的地方。

由此，为了满足读者朋友的建议和要求，将未编入诗集《天涯漫记》的部分作品，加之近年创作的部分作品再次编辑成册，共计 180 首。考虑到天涯系列作品的出版思路，经征求部分作家及编辑朋友的意见，定名为《天涯絮语》。诗集共分四部分，即岁月浅歌；古韵流芳；田园风情；玉岸拾贝。

近年来，随着尊重传统、保护遗产以及文化多样性理念的逐渐深入人心，"求正容变"、"忠实继承、适度创新'的共识大体形成。所以，在保留《天涯漫记》原有特点的基础上，《天涯絮语》在内容、形式和风格方面都有所创新，添加了题画诗这一诗歌形式，主要体现在书法、照片、绘画三者互衬，错落有致，与内容有机地融为一体。书法、照片、绘画与诗相得益彰的表现形式，可达到内容与形式匹配同一，相互衬托，这是与其他诗集不同的自身特点。

关于题画诗，古已有之，乃诗中有画，画中有。题画诗者，或先诗后画，或先画后诗，诗为画之灵魂，画作诗之形色，且皆统摄于心象而为表里也。中国的题画诗，可以说是世界艺术史上的一种极其特殊的美学现象。把文学和绘画二者结合起来，在画面上，诗和画，妙合而凝，契合无间，浑然一体，成了一幅美术作品在构图上、意境上不可或缺的有机组成部分，诗情画意，相映成趣，各有千秋。因此，绘画兼有题画诗，是中国画的特征之一，也是中国绘画艺术独有的民族形式和风格。在我国历史上有些优秀的题画诗，不仅是中国美术史上的宝贵遗产，同时也是文学史上的可资继承与发扬的艺术珍品。

题画诗的特点主要体现在以下几方面：

1. 诗画互补，意境深远。中国画非常讲究"意境"，往往画中题诗，诗画互补，使意境更加深远；再在画面加盖印章，使中国画集诗、书、画、印于一身，形成了独特的艺术形式，使人在读诗看画、看画赏诗之中，充分享受艺术之美。

2. 文学美术的艺术表现形式，中国画和题画诗都是一种独到的艺术形式。

它们虽居美术和文学两个范畴，但画为视觉的艺术，诗为语言的艺术，两者在构思立意上有着不可替代之妙。即"画写物外形，诗传画中意"。

3、在诗与画的统一方面，贵在诗传画外意。"竹外桃花三两枝，春江水暖鸭先知。蒌蒿满地芦芽短，正是河豚欲上时。"是苏轼为好友慧崇和尚所画鸭戏图《春江晓景》题的诗，如今慧崇的画已不见传，而这首题画诗却流传千古，成为了脍炙人口的艺术品。

总之，诗集《天涯絮语》是否能够得到读者的认同，只能是每个读者的自由心证。在此，感谢新闻媒体和广大读者朋友的关心和厚爱！感谢出版社编辑朋友的精心努力，使这本诗集得以尽早出版，以飨读者。

孙福昌

2014 年 12 月 28 日于北京

第一辑

岁月浅歌

辞旧迎新

凝眸长伫思绪翩，

别梦依稀若昨天；

再传电讯邀佳友，

雪后风疾情无边；

余孽湮灭圣诞至，

相聚花亭醉酒仙；

吾辈开怀憧社稷，

红色方舟永向前。

2012 年 12 月 23 日

注：此作品于 2012 年 12 月 24 日发表在中国全民记者网原创文学栏目。

春望

历览古今忆前贤，

不贪名利勤自勉；

雾里看屯水捞月，

隔岸静观江水湍；

杨柳临风迎春雨，

反腐倡廉尽人愿；

烟花三月春光美，

昂首扬鬃奔馨园。

注：此作品乃题画诗，于2014年3月12日发表在中国全民记者网原创文学栏目，于2014年3月14日发表在中国作家网原创栏目。图为中国书画艺术研究院副院长、国家一级美术师王荣先生绘画作品。

朝夕吟

朝起步庭院，地气行周身；满日晨为首，一年始于春；养德靠勤俭，奉公须聚神；静心莫怠慢，勤勉加修身；仁善乃为源，防佞避风尘；忠义应为本，见贤思齐吟；时令周复始，天涯若比邻；朝夕束衿带，不堕盛年身；满目青山在，岁月不待人；沧桑须发日，谈笑叙终生。

注：此作品乃读诸葛亮《诫子书》、陶渊明诗文有感，于2013年5月13日发表在中国全民记者为原创文学栏目。

贺 新 年

辞旧迎新日，

向来适时归；

驱驾奔小康，

观花雪后梅；

望竹春前笋，

青山殊可巍；

心系多情日，

酌酒倾一杯。

2012 年 12 月 31 日

注：此作品乃新年感怀。

送温情

冬梅含笑又一年，

瑞雪飘落在心间；

拙言送去春意暖，

情谊驱走冬严寒。

2013 年 1 月 1 日

注：此作品为元旦之日发给同仁、朋友的短信，于 2014 年 3 月 19 日发表在中国全民记者为原创文学栏目。

浣溪沙·康宁日

玉皇察界雪满地，

降福华夏天下济，

翘首阳台望东西。

遥祝同结福禄吉，

惬意人生似游鱼，

鲁连义城终不弃。

癸巳年腊月二十五

注："玉皇察界雪满地"喻指腊月二十五是玉皇大帝来到人间视察民情的日子。旧俗认为腊月二十三灶王爷上天后，玉皇大帝于腊月二十五日亲自下界，视察人间善恶，并定来年祸福，所以家家祭之以祈福，称为"接玉皇"。写作此作品的当日，适逢大雪纷飞，预示着瑞雪兆丰年。"鲁连义城终不弃"一句中的鲁连（约前305年~前245年）亦称鲁仲连，今茌平人，是战国时名士，战国末年齐国稷下学派后期代表人物，著名的平民思想家、辩论家和卓越的社会活动家。曾有"一箭书退敌百万兵"的典故，创造了中国军事史和论辩史上的奇迹（事见《战国策·齐策六》）。鲁仲连不仅仅是聪慧过人、

才智非凡的语言大师，而且是善于排患解难、解人缔结的及时雨和热心肠，更是一个急公好义、有着强烈爱国思想和社会责任感、救民于水火的平民爱国者。后人对鲁连的评价是：鲁仲连在思想上、人品上、辩术上异于并超出同时代人的地方。在思想方面，鲁仲连是一个融会贯通、多元并存的综合体，是稷下学宫百家争鸣所结出的硕果和奇果；在人品方面，鲁仲连的爱国爱民、排患解难、淡泊名利的精神，令人敬佩、感奋；在辩术方面，鲁仲连善用比喻，语言环环相扣，逻辑缜密，给我们留下了很珍贵的语言财富。深邃的思想，高尚的人格，超人的智慧，组成了一个富有个性和传奇色彩的鲁仲连。

时空行

壮志凌云腾碧空，

梦游天姥琼楼行；

皎皎玉宇挂明月，

依依杯盏念君情；

玛雅不知吴刚事，

众生畅饮亦从容；

借问寰球欲何往，

日行八万伴吉星。

2012 年 12 月 21 日

注： 玛雅预言的"世界末日"在人们恐慌、忐忑、猜测的复杂遐想中稍纵即逝，日月星辰，春夏秋冬，似乎又开辟了新纪元，美好的明天到来了。

元宵节

千古元宵夜，

永存中国情；

逝水流光日，

无缘月长明；

但愿人长久，

菩提寰宇鸣；

笑望海市楼，

乐在正道行。

注："千古元宵夜，永存中国情；"喻指元宵节在中国的历史上已有两千多年的历史。"但愿人长久，菩提寰宇鸣；"喻指祈愿人间长久美好，菩提祖师运用法力助人类除灾纳福。"笑望海市楼，乐在正道行。"喻指不要幻想获得那些虚无缥缈的海市蜃楼，人间正道是沧桑。

寒食

庭院柳黄梨花香，

春城寒食情绵长；

故园极目楼台外，

烟雨蒙蒙映山庄。

注： 寒食是我国古代一个传统节日，一般在冬至后一百零五天，清明前两天。古人很重视这个节日，按风俗家家禁火，只吃现成食物，故名寒食。由于节当暮春，景物宜人，自唐至宋，寒食便成为游玩的好日子，宋朝则有"人间佳节唯寒食。"之说。此作品于2014年4月3日发表在中国作家网原创栏目。

清明感怀

风清景明雨纷飞，
垂柳颌首祭英魂；
故人如斯今安在？
慎终追远沐后人！

2013 年清明节

注："垂柳颌首祭英魂"一句其原句为"垂柳凭吊祭英魂"，发表时修改为此句，此作品于 2013 年 4 月 5 日发表在《中国文苑》古诗词栏目，2013 年 4 月 6 日发表在中国全民记者网原创文学栏目。

采桑子·谷雨行

挑灯书尽情未了，

明烛心烧。

千里迢迢，

四月寒花分外娆。

腾云驾鸾春城雨，

绿意昭昭。

再见春潮，

飞跃彩虹当路桥。

2013 年 4 月 19 日

注：谷雨时节，华北大部突降大雪，京城寒意乍浓，乘航班赴昆明出差，透过窗舷，空中俯瞰，浮想联翩。抵达春城，分明是两个世界。此作品于 2013 年 4 月 22 日发表在中国全民记者网原创文学栏目。

五一颂歌

梅兰竹菊胸中蠹，

隶篆真草伏案书；

玉笔锦绣山河卷，

宝墨泼洒万花图；

百鸟朝凤和谐曲，

日月星辰伴梦炉；

山欢水笑尽开颜，

复兴中华当世殊。

2013 年 4 月 29 日

注： 此作品为发给中国书画艺术研究院院长高腾岳先生的节日祝福短信，并转发给总编陈建忠先生、作家武文龙先生，于 2013 年 4 月 29 日发表在中国全民记者网原创文学栏目。

故友重逢

年轮飞旋十余载，

故地重游百感生；

同仁相聚情真切，

贵友重逢意绵萦；

遥忆当年壮心憬，

今日风雨再兼程；

吾辈喜作山河颂，

满目春光伴君行。

注：此作品乃与同仁、校友相聚感怀，于2013年6月3日发表在《中国文苑》古诗词栏目。

三伏

火龙飞舞耀长空，

神州大地暑气腾；

桐树叶下蝉儿笑，

祈盼上苍煽爽风。

注：在三伏季节，全国多地高温不下，多个城市创历史之最，由此有感而发。此作品于 2013 年 7 月 30 日发表在中国全民记者网原创文学栏目，于 2013 年 8 月 1 日发表在中国作家网原创栏目。图为书法家佟若泽先生书法作品。

白露缘

秋有黄花绿渐远，

雨打枫叶白露寒；

疏枝蝉嘶犹有力，

回望江南四月天；

惟看楼中山色青，

静观龙鱼游水潭；

琴棋书画可作酒，

梅兰竹菊映春颜。

2013 年于白露日

注：此作品于 2013 年 9 月 10 日发表在中国全民记者网原创文学栏目，于 2013 年 9 月 10 日发表在中国作家网原创栏目。

教师节抒怀

满腹经纶话九章，

文史哲理四书言；

学堂诗赋两雅颂，

有教无类六艺弦；

咿呀启蒙书三字，

爱我神州五经谈；

一心栽培千年树，

满目桃李万英贤。

2013 年 9 月 10 日教师节

注：此作品于 2013 年 9 月 11 日发表在中国作家网原创栏目。

一剪梅·秋思

吟尽春夏吹秋箫，一管词藻，引颈长啸。

仰望蓝天分外娇，春华劲俏，秋实昭昭。

铁树银花待酒浇，硕果风骚，诗意狂涛。

一曲古韵破九霄，幽思金桥，雨歇山郊。

2013 年 9 月 9 日

注： 此作品乃题画诗，于 2013 年 9 月 18 日发表在中国全民记者网原创文学栏目。

中秋月夜

巡天遥看寰宇情，

飞跃银河舞秋风；

碧海青天折桂树，

琼楼玉宇映月明；

玉兔孤栖广寒宫，

幽居人间春满楼；

秉烛映照晓星夜，

日行八万荡泛舟。

2013 年 9 月 19 日

　　注：此作品为中秋节感怀，于 2013 年 9 月 22 日发表在中国作家网原创栏目。

吉庆日

秋风拂天然，

红梅伴青山；

华夏风光好，

福禄兆丰年；

众吉致祥和，

明德尽欢颜；

银樽斟玉酒，

国泰九重天。

2013 年 9 月 30 日

注： 此作品乃欢度国庆节感怀，于 2013 年 10 月 8 日发表在中国作家网原创栏目，于 2013 年 10 月 28 日发表在中国全民记者网原创文学栏目。

寒露凝香

蒹葭摇曳白露霜，

满地余寒露凝香；

鸿雁南飞秋望远，

期盼来年归故乡；

牛食夜草白日忙，

稻香黍黄粟归仓；

喜看平畴开阡陌，

满目春光焕秋装。

2013 年 10 月寒露日

注：此作品于 2013 年 10 月 8 日发表在中国作家网原创栏目。

立冬

冬雨含情送秋归，

萧萧落叶化凡尘；

一身傲骨冬梅在，

含悲古柳泪浸身；

西山幽林罕见鸟，

茫茫寒霜念故人；

登楼望远凭栏处，

春泥护花映乾坤。

2013 年立冬日

注：此作品于 2013 年 11 月 11 日发表在中国全民记者网原创文学栏目，于 2013 年 11 月 11 日发表在中国作家网原创栏目。

小雪感言

雨歇气凝寒潮至，

月影摇枝过境迁；

犹忆江南芳草地，

蓄以御冬傲雪寒；

冷露浮萍飘渺去，

霜打落叶雁声远；

历经风雨红梅赞，

普渡人间四月天。

2013 年 11 月 22 日小雪节

注：此作品于 2013 年 11 月 24 日发表在中国全民记者网原创文学栏目，于 2013 年 11 月 25 日发表在中国作家网原创栏目。

大雪寄情

巴尔喀什湖，

寒潮游碧空；

冷暖互交织，

凌云展雄风；

欲见嫦娥舞，

玉兔露峥嵘；

吴刚何所有？

修炼广寒宫；

痛饮桂花酒，

品茶月明中；

遥看银河系，

紫气东方升。

2013 年 12 月 7 日大雪节气日

注：此作品于 2013 年 12 月 9 日发表在中国作家网原创栏目。

冬至

冬节鼓瑟伴吹笙，

古朴民俗念旧情；

饺饵倾覆杯中酒，

身居小娄舒广袖；

唐宋汉韵系三秦，

九九消寒思仲景；

安身静体择吉辰，

庭前垂柳待春风。

注：此作品于 2013 年 12 月 23 日发表在中国作家网原创栏目。

小寒

秋有花落未觉寒，

风吹草木周身干；

待到自然时令深，

方知天公无情面。

注： 此作品乃 2014 年小寒节气有感，于 2014 年 1 月 6 日发表在中国全民记者网原创文学栏目，于 2014 年 1 月 6 日发表在中国作家网原创栏目。图为书法家佟若泽先生书法作品。

腊八

飞雪落桦林，

寒夜念来春；

和衣坛香酒，

茅舍传笛音；

一梦逐千里，

晨醒寻足痕；

冬梅颔首笑，

羞煞狩猎人。

2014 年 1 月腊八节

注：此作品为 2014 年 1 月 8 日腊八节有感，于 2014 年 1 月 8 日发表在中国作家网原创栏目。

除夕

雪消杨柳透春梢，

鸿雁舞翅去寒潮；

借问春风来年好，

辞旧迎新到明朝；

人望香烛传佳信，

满目青山更娇娆；

它日桃园花枝俏，

碧海清波荡虹桥。

注：此作品为除夕夜有感，于2014年1月28日发表在中国作家网原创栏目。

甲子新春

依依惜别深情日，

历历在目春满堂；

寒夜刭爆除旧岁，

犹闻屠苏酒自香；

飒爽祥云绕碧树，

宠辱功过落草荒；

清香永绽冬梅在，

殷勤春日漫无疆。

注：此作品为春节感怀，于2014年2月10日发表在中国作家网原创栏目。除夕这一天对国人来说是极为重要的。根据古籍记载，前人的年夜酒流传最久、最普遍的是屠苏酒。屠苏是一种草名，也有人说，屠苏是古代的一种房尾，因为在这种房子里酿的酒，所以称为屠苏酒。据说屠苏酒是汉末名医华佗创制而成的，后由唐代名医孙思邈流传开来的。孙思邈每年腊月，总是要分送给众邻乡亲一包药，告诉大家以药泡酒，除夕进饮，可以预防疫病。以后，经过历代相传，饮屠苏酒便成为过年的风俗。

守岁除夕

畅饮屠苏酒，

回味少年情；

烛光浮流水，

尽在不言中；

往事成寒夜，

春色伴黎明；

试看原上草，

重绽新芳容。

注：此作品于 2014 年 2 月 10 日发表在中国作家网原创栏目。

元宵夜歌

星衬彩虹山水闹，

满目火树银花开；

春寒料峭随风去，

明月伴马逐人来。

注：此作品于 2014 年 2 月 18 日发表在中国作家网原创栏目。

立春

冰消雪化时，

韶光竞桃源；

春晖映天地，

人愿随自然；

复苏有万物，

寸草焕新颜；

时令芳树发，

绿意迎衔燕。

2014 年 2 月 4 日立春

注：此作品于 2014 年 2 月 7 日发表在中国全民记者网原创文学栏目。

人日抒怀

人日时节寒雪飘，

青山伴君越彩桥；

寄语杜甫草堂宴，

一壶春酒满怀烧；

风卷茅屋今安在？

广厦千间尽逍遥；

相忆诗圣心中愿，

四海风尘顿可消。

注： 正月初七俗称"人日"，此作品则为"人日"咏怀。当天，北方寒雪飘飘，想到杜甫那篇流传千古的《茅屋为秋风所破歌》，浮想联翩，有感而作。此作品于 2014 年 2 月 18 日发表在中国作家网原创栏目。

点绛唇·雨水

雨水来时，

花丝飞落拨心头。

冲去春愁，

撩拂园中柳。

露润草青，

分寒合暖流。

勤勉友，

百鸟和鸣，

鸿雁增锦绣。

注：此作品乃马年雨水节感怀，于 2014 年 2 月 26 日发表在中国作家网原创栏目，2014 年 2 月 26 日发表在中国全民记者网原创文学栏目。

中和节

春风拂面传舜尧，

紫气缭绕渐欲晓；

日出东海霞光道，

祥云柜伴马蹄骄；

龙吟虎咆撼山岳，

横笛长啸颂华谣；

万里鹏程心路远，

笑看风月对天邀。

注：中和节乃二月二龙抬头之日。

清明

芳物静园伏案上，
杯酒寄情伴醇香；
灯火阑珊谢门客，
清坐花丛念原乡。

注： 此作品乃清明节公祭前贤感怀。"芳物静园伏案上，杯酒寄情伴醇香；"
喻指摆放祭品，寄托哀思。

春分

白日风光劲，

清昼开幕新；

循天闻子夜，

桃李艳争春；

青阳和煦日，

山雨伴佳人；

自觅诗题吟，

笑谈对园林。

2014 年 3 月 21 日春分

注：春分，古时又称为"日中"、"日夜分"，在每年的 3 月 19 日～22 日，这时太阳到达黄经 0°。据《春秋繁露·阴阳出入上下篇》说："春分者，阴阳相半也，故昼夜均而寒暑平。"所以，春分的意义，一是指一天时间白天黑夜平分，各为 12 小时；二是古时以立春至立夏为春季，春分正当春季三个月之中，平分了春季。

谷雨

谷雨时节耕作忙，

晨风和柔漫无疆；

祈盼秋有好收成，

汗洒沃土润原乡；

水墨青山江南韵，

原野采撷春茶香，

甘露尽含追梦愿，

情洒华夏惠八方。

2014 年 4 月 20 日谷雨

注："清明断雪，谷雨断霜"，谷雨是春季最后一个节气，谷雨节气的
到来意味着寒潮天气基本结束，气温回升加快，大大有利于谷类农作物的生长。

立夏

春风化雨摇碧树，

夏云炎气待佳期；

花红叶茂余香至，

蜂鸣蝶影竞朝夕；

溪水迎来忘怀客，

亭前柳荫绿半池；

劝君勤耕青山处，

欲采桃李会有时。

2014 年立夏

注：立夏时节，万物繁茂。明人《莲生八戕》一书中写有："孟夏之日，天地始交，万物并秀。"我国自古习惯以立夏作为夏季开始的日子，是温度明显升高，炎暑将临，雷雨增多，农作物进入旺季生长的一个重要节气。据记载，周朝时，立夏这天，帝王要亲率文武百官到郊外"迎夏"，并指令司徒等官去各地勉励农民抓紧耕作。此作品于 2014 年 5 月 4 日发表在中国作家网原创栏目。

端午情思

龙舟竞飞渡，

遒劲为屈平；

艾叶祛顽疾，

粽包举世名；

鼓乐击流水，

旌旗舞盛情；

楚风千秋在，

端午泽恩荣。

注：此作品乃端午节感怀，于 2014 年 6 月 3 日发表在中国全民记者网原创文学栏目。

芒种

芒种刈麦农工望，
风吹银穗变金黄；
时雨催收仓廪满，
惜时不觉夏日长；
余辉尚留育禾秧，
期盼谷丰事农桑；
汗洒田畴梅雨顺，
秋囤奂得麦饭香。

2014 年 6 月 6 日芒种

注：此作品发表于 2014 年 6 月 8 日中国全民记者网原创文学栏目，于 2014 年 6 月 9 日发表在中国作家网原创栏目。图为求是网副总编陈建忠先生提供。

夏至

夏至时节北昼长，

暑气蒸腾梅雨乡；

日出东方瞭望远，

夕阳西下心自凉；

纵横阡陌念绿装，

山高路遥野茫茫；

酷热余暇安何惧，

漫游荷塘始散芳。

2014 年 6 月 21 日

注：此作品为夏至感怀，于 2014 年 6 月 24 日发表在中国全民记者网原创文学栏目。

七夕抒怀

盈盈天河一线牵，

脉脉心语星月传；

人间灯火阑珊处，

遥祝天宫喜鹊欢；

迢迢牵牛隔对岸，

纤纤素手织情缘；

忠贞化作通衢路，

普济彩桥共婵娟。

2014 年七夕节

注: 此作品为七夕节感怀，于 2014 年 8 月 26 日发表在中国全民记者网原创文学栏目。

秋雨

细雨送秋韵，
浓情淡写林；

柔凤轻抚叶，
惊闻秋蝉吟；

夜伴花溅泪，
惜别草木深；

梦断天涯路，
千里寄祥云。

2014 年 8 月 28 日

注： 此作品乃京城夜雨感怀。

秋 兴

枕山卧云观日月，

万里风烟不夜天；

清秋飞燕寻春梦，

江楼小苑聚英贤。

2014 年 10 月 1 日

注： 此作品乃国庆节感怀，于 2014 年 10 月 6 日发表在中国全民记者网原创文学栏目。

重阳

举目观秋色，

远山菊花黄；

草木遥落叶，

幽兰独芬芳；

鸿雁传佳信，

把酒度重阳；

东篱清景苑，

众贤品茶香。

注：此作品乃重阳节感怀，于 2014 年 10 月 6 日发表在中国全民记者网原创文学栏目。

静夜思

月到天心碧空处，

青山绿水任遨游；

常有至晓不成梦，

莫言名利解万愁；

明镜高悬清风度，

世路处事嗤小筹；

克己奉公勤作务，

神怡梦游不白头。

注：此作品乃思考人间世事感怀，做人要光明磊落，勤廉敬业。"世路处事嗤小筹"一句中的"小筹"喻指筹码，利益。"克己奉公勤作务，神怡梦游不白头。"喻指为人做事心底无私天地宽，心旷神怡有好梦，不要因徇私利愁白了头。

立秋

人间暑期芳菲尽，

三月桃花去无声；

秋有时令送凉意，

垂柳涧畔望春风。

2013 年 8 月 7 日立秋

注：此作品为立秋日随感，于 2013 年 8 月 8 日发表在中国作家网原创栏目。

陌室杂吟

工余觅暇炼笔锋，
陌室偷闲吟字游；
只为平生寻墨缘，
未去大海荡泛舟；
炎暑心静天自凉，
御寒品茶可胜酒；
摸爬云梯千言处，
犹如登临岳阳楼。

注：此作品乃业余创作感怀——修炼在陌室、练笔觅闲暇，于2014年10月21日发表在中国作家网原创栏目。"摸爬云梯千言处，适逢登临黄鹤楼。"两句喻指一篇作品完成后犹如登临岳阳楼，令人心旷神怡。

第二辑

古韵流芳

望艺苑

掬水柔情含日月，
笔端润物有乾坤；
楼阁云烟山外舞，
扶镜观花念故人。

注：此作品乃观书画展有感，于2014年2月12日发表在中国作家网原创栏目，图为书法家佟若泽先生书法作品。

书香墨韵

远古翰墨简牍传，

锦帛纸册情永嵌；

阅尽人间沧桑事，

未闻书香心不甘；

纵有金屋万顷田，

莫忘墨宝育英贤；

夜读梦研勿虚度，

越山踏海赛八仙。

2013 年 4 月 23 日世界读书日

注： 此作品乃世界读书日感忖，于 2013 年 4 月 26 日发表在中国全民记者网原创文学栏目。联合国科教文组织在 1972 年向全世界发出"走向阅读社会"的召唤，要求社会成员人人读书。 1995 年，联合国教科文组织宣布 4 月 23 日为"世界读书日"，致力于向全世界推广阅读、出版和对知识产权的保护。起源来自于一个美丽的传说，4 月 23 日是西班牙文豪塞万提斯的忌日，也是加泰罗尼亚地区大众节日"圣乔治节"。传说中勇士乔治屠龙救公主，

并获得了公主回赠的礼物——一本书，象征着知识与力量。这一天也是莎士比亚出生和去世的纪念日，又是美国作家纳博科夫、法国作家莫里斯·德鲁昂、冰岛诺贝尔文学奖得主拉克斯内斯等多位文学家的生日，所以这一天成为世界读书日名副其实。

雅俗求真

吟诗作画论古今，

山水情怀一片心；

海纳百川释笔墨，

青竹雅韵觅知音；

翰墨春秋不失真，

唐宋遗风笔中神；

千古圣贤心中记，

厚德载物再创新。

2013 年 1 月 2 日

注：此作品乃观中国名家书画艺术院作品有感，于 2013 年 1 月 3 日发表在中国全民记者网原创文学栏目，2014 年 1 月 6 日发表在中国名家书画艺术院文学艺术栏目。

游拙政园

忽闻园中玉笛声，

余音飘满姑苏城；

体味曲中含桂柳，

他乡不忘故园情；

一片绿叶衔手中，

登枝喜鹊唤乌鸿；

碧水红鱼别样景，

满目春光夕照明。

1996 年 10 月 1 日

注：此作品于 2013 年 7 月 26 日发表在中国作家网原创栏目。拙政园是江南园林的代表，苏州园林中面积最大的古典山水园林。拙政园初为唐代诗人陆龟蒙的住宅，元朝时为大弘（宏）寺。明正德四年（公元 1509），明代弘治进士、明嘉靖年间御史王献臣仕途失意归隐苏州后将其买下，聘著名画家、吴门画派的代表人物文征明参与设计蓝图，历时 16 年建成，借用西晋文人潘岳《闲居赋》中"筑室种树，逍遥自得……灌园鬻（音：yù，卖）蔬，以供

朝夕之膳（馈）……此亦拙者之为政也，"之句取园名。暗喻自己把浇园种菜作为自己（拙者）的"政"事。园建成不久，王献臣去世，其子在一夜豪赌中，把整个园子输给徐氏。400多年来，拙政园屡换园主，曾一分为三，园名各异，或为私园，或为官府，或散为民居，直到20世纪50年代，才完璧合一，恢复初名"拙政园"。拙政园的布局疏密自然，其特点是以水为主，水面广阔，景色平淡天真、疏朗自然。它以池水为中心，楼阁轩榭建在池的周围，其间有漏窗、回廊相连，园内的山石、古木、绿竹、花卉，构成了一幅幽远宁静的画面，代表了明代园林建筑风格。拙政园形成的湖、池、涧等不同的景区，把风景诗、山水画的意境和自然环境的实境再现于园中，富有诗情画意。

凤鸣书院

古砚磨砺翰墨香，

挥毫泼洒醉心田；

笔锋澄怀沧桑事，

妙曲涵远入琴弦。

注： 此作品为漫步山西榆次老城凤鸣书院感怀，于2013年8月6日发表在中国作家网原创栏目，并于当日被中国全民记者网原创文学栏目采用。"笔锋澄怀沧桑事"一句中的"澄怀"喻指使人胸怀安静；"妙曲涵远入琴弦"一句中的"涵远"喻指包含远大。图为书法家佟若泽先生书法作品。

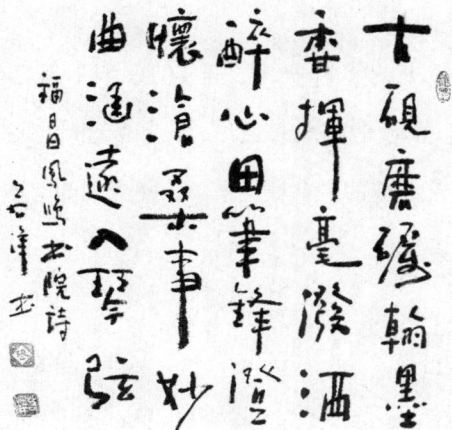

寒意咏春城

词音丹韵咏春秋，

笑望蓝天万古愁；

飘绪飞至千里外，

跃居春城宇宙游；

借酒谈词情谊重，

赌书品得清茶悠；

欲问可故谈兴浓，

只道公事不谈休。

2013 年 1 月 13 日

注： 此作品为赴昆明出差时所作，于 2013 年 1 月 14 日发表在中国全民记者网原创文学栏目。当时北方寒意正浓，乘坐春秋航空公司的客机抵达昆明，感觉到了名副其实的春天般的"春城"季节；晚餐之时，与同仁朋友谈古论今，畅所欲言，有感而发。

禄丰行

久闻恐龙谷，

滇域有禄丰；

穿越侏罗纪，

寻道在楚雄；

放眼阿纳湖，

抱水郁葱笼；

今来龙故里，

不枉此一行。

    注：此作品于 2014 年 3 月 21 日发表在中国作家网原创栏目。6500 万年前，地球上一种身躯庞大的动物绝灭，解剖学家欧文通过对化石的长期研究，把这种动物命名为恐龙。禄丰恐龙是我国目前有关古脊椎动物化石最丰富最完整的动物群之一，半个世纪以来，禄丰恐龙吸引着致力研究古生物的中外学者，纷至沓来，这对古生物科学的研究和普及有着深远的历史意义。

登大观楼

登楼元眺凭栏处，

浮想往事越千年；

翰墨古韵今犹在，

孙翁长联冠世间；

三春扬柳观泛舟，

九夏芙蓉非等闲；

滇池海鸥戏白浪，

傲骨梅风势如磬。

注：此作品乃读大观楼长联感怀，于 2013 年 1 月 23 日发表在中国全民记者网原创文学栏目。大观楼长联是清朝乾隆年间昆明名士孙髯翁登大观楼有感而作，长联多至一百八十字，对仗工整，气势宏大，脍炙人口。

访山寻路

好入名山游，

苍颜蕴风情；

遥望九华峰，

奇态露峥嵘；

太白书堂里，

传来读书声；

昔日寻仙道，

秀出九芙蓉；

掬把笔砚水，

清脑洁面容；

人藉山钟秀，

山借人传颂；

盛世复兴梦，

华夏耸云松；

崎岖路千里，

排险勇前行。

　　注：此作品乃读李白《望九华赠青阳韦仲堪》及《梦游天姥吟留别》感怀，于2014年3月21日发表在中国作家网原创栏目。

游趵突泉

南依千佛北傍湖，

百亩园林涌趵突；

城郭平川杳何处？

山光水色待壁书；

玉泉低吟思清照，

明月秋声荡孤舟；

风飘香絮舒广袖，

满眼春光化银珠。

1988 年 5 月 1 日

注： 此作品于 2014 年 3 月 19 日发表在中国作家网原创栏目。

浣溪沙·古韵情

虹光一闪序幕开，

端坐木椅凝神猜，

拨弦三声风情来。

一曲未终先有韵，

古琴老调呈异彩，

中华国粹尽抒怀。

注：此作品乃同朋友一同观赏中国京剧感怀，于 2014 年 3 月 18 日发表在中国作家网原创栏目。

宝墨园颂

一泓春水观鱼跃，

满园春风传鸟鸣；

门庭凤舞琴雅颂，

四壁龙飞绘丹青；

宝墨常留云山处，

宾客沓来鸿儒景；

银华凝彩珠水笑，

文光永现灿若星。

2011 年 12 月 17 日

注：此作品乃观宝墨园文房四宝有感，于 2013 年 7 月 11 日发表在中国作家网原创栏目，2013 年 7 月 14 日发表在中国全民记者网原创文学栏目。广州宝墨园在清末民初是包相府，后称宝墨园，是供群众休憩游乐的地方。世易时移，原宝墨园早已被毁，原址已变成民居。1995 年在港澳同胞及社会各界擅长仁翁的鼎力捐助下，宝墨园得以重建。重建后的宝墨园，面积 160 多亩，规模宏大. 造型高雅，集清官文化、岭南建筑工艺、岭南园林艺术和

珠江三角洲水乡特色于一体，成为远近闻名的庭园精品。宝墨园更是一座颇具特色的园艺精品公园，除了树木花卉和建筑之外，园内周边还有龟池、放生池、锦鲤池、莲池，带给游人美的享受。

杜甫草堂

工勤余暇常年忙，
持笔染翰惜时光；
操觚吟诗意中事，
把酒临风著文章；
思若骏马驰草原，
遇物审慎不张狂；
世态炎凉知己饮，
妙语词韵系草堂。

注： 此作品乃读杜甫《茅屋为秋风所破歌》感怀，于 2013 年 7 月 8 日发表在中国作家网原创栏目，同日被中国全民记者网原创文学栏目采用。"工勤余暇常年忙"喻指因杜甫曾被授"检校工部员外郎"之衔，而被称做杜工部，凭借其勤奋和才华，在诗歌创作上思想与艺术造诣极高，所取得的辉煌成就而被后世誉为"诗圣"。"操觚吟诗意中事"一句中的"觚"喻指古代作书写用的木简，"操觚"原指执简写字，此句中即指写字。晋陆机《文赋》云："或操觚以率尔，或含毫而邈然。"宋高宗赵构《翰墨志》云："余四十年间，每作字，因欲鼓动士类，为一代操觚之盛。"鲁迅《坟·文化偏至论》："此非操觚之士，独凭神思构架而然也。"

冰凊春韵

体味丽江古城韵，

玉龙雪山映凡尘；

寻觅木府风云事，

探寻冰峰世路深；

饱览青竹闻笛韵，

山顶滴云当汗巾；

仰面蓝天傲骨在，

遥观杜鹃正气魂。

2013 年 5 月 15 日

注：此作品乃观看电视剧《木府风云》感怀，于 2013 年 5 月 17 日发表在中国全民记者网原创文学栏目。玉龙雪山位于云南省丽江市玉龙纳西族自治县境内，是中国最南的雪山，也是横断山脉的沙鲁里山南段的名山。雪山南北长 35 公里，东西宽 13 公里，共有十三峰，主峰扇子陡海拔 5596 米。以险、奇、美、秀著称于世，气势磅礴，玲珑秀丽。随着时令和阴晴的变化，有时云蒸霞蔚、玉龙时隐时现；有时碧空如水，群峰晶莹耀眼；有时云带束

腰，云中雪峰皎洁，云下岗峦碧翠；有时霞光辉映，雪峰如披红纱，娇艳无比。山上山下温差明显，植被情况是其最直接显标。玉龙雪山是动植物的宝库，主要经济动物有 60 多种，有报春花 60 多种、杜鹃花 50 多种、兰花 70 多种。

晋祠重游

故地三载又重游，

圣母正殿仰尊容；

隋槐周柏劲永在，

宋词唐碑墨香浓；

悬瓮山塑嘉铭驻，

汩汩清泉泽晋泂；

三伏杨柳参天绿，

十里稻花送香风。

2013 年 8 月 3 日

注：此作品为游山西晋祠而作。于 2013 年 8 月 5 日发表在中国作家网原创栏目，2013 年 8 月 6 日发表在中国全民记者网原创文学栏目。"圣母正殿仰尊容"一句中的圣母喻指供奉于正殿之中的汾东王之母邑姜；"悬瓮山塑嘉铭驻，汩汩清泉泽晋泂；"两句喻指在悬瓮山下、晋水发源地将晋祠美名永驻，汩汩奔流的难老泉润泽晋阳大地，造福人间。

难老泉感怀

三伏时节赴并州，

忽闻悬瓮晋水鸣；

朝岚烟水如梦境，

暮苑松云忘归程；

溯源前贤多少事？

无量福泽汲古钟；

明月入怀向泉照，

清风出袖仙鹤情。

2013 年 8 月 3 日

注： 此作品为游山西晋祠难老泉而作，于 2013 年 8 月 6 日发表在中国作家网原创栏目。"三伏时节赴并州"一句中的"并州"喻指太原的旧称；"忽闻悬瓮晋水鸣"一句中的的"悬瓮晋水"喻指悬瓮山下的难老泉；"朝岚烟水如梦境，暮苑松云忘归程；"句中的"朝岚烟水"喻指日出时山水云雾蒸润之景象，"暮苑松云"喻指日落时林木茂盛、松风白云交织缭绕之景象；"明月入怀向泉照，清风出袖仙鹤情。"两句喻指难老泉意境深邃，晋祠园内月夜梧桐，清风杨柳，令人回味。

游宽窄巷

龙堂客栈通幽处，

茶马古道越千年；

古巷折射沧桑事，

庭院深深泛绿蓝；

晨钟响彻九霄外，

暮鼓声声伴宗禅；

一曲蓉城宽茶韵，

竹椅摇曳盛世仙。

2013 年 9 月 16 日

    注：此作品乃同四川大学老师及校友同游成都宽窄巷子感怀，于 2013 年 9 月 18 日发表在中国全民记者网原创文学栏目，2013 年 9 月 18 日发表在中国作家网原创栏目。宽窄巷子是成都遗留下来的较成规模的清朝古街道，与大慈寺、文殊院一起并称为成都三大历史文化名城保护街区，由宽巷子、窄巷子和井巷子三条平行排列的老式街道及四合院落群组成，是老成都"千年少城"城市格局和百年原真建筑各局的最后遗存，也是北方胡同文化和建筑

风格在南方的"孤本"。宽巷子与窄巷子是成都往昔的缩影，一个记忆深处的符号。民间有"宽巷子不宽，窄巷子不窄"的说法。两条250米长，不足8米宽的巷子，正因为有了历史装载着的故事，宽窄的感觉更在于人们的心中。宽宽的窄巷子，窄窄的宽巷子，经历着历史的风雨，细细密密的述说着成都的往事和如今。

萬古清風

秋梦杏花村

秋雨纷纷绕梦寒，

风卷残云衣襟干；

杏花村里寻情韵，

提笔沉思盼诗仙；

铺毡抖笺千条绪，

一樽琼浆入云端；

盛景常闻宾客在，

引颈扬眉醉美谈。

2013 年 10 月 1 日

注：此作品乃国庆节假日感怀，描写梦游杏花村的情景，于 2013 年 10 月 8 日发表在中国作家网原创栏目。

赵州桥抒怀

步出石门登古桥，

风雨千年自多娇；

乡客游人踏身度，

胸撑悲壮未折腰；

旋宫月下鱼戏水，

拾级而上到凌霄；

张果柴荣云游去，

鲁班固守永托桥。

2013 年 10 月 3 日

注：此作品乃国庆节假日感怀，于 2013 年 10 月 8 日发表在中国作家网原创栏目，2013 年 10 月 10 发表在中国全民记者网原创文学栏目。

粽情竹韵

目极千里崎岖路，

沧浪水浊梦断魂；

菰叶裹黍壮风骨，

续传端阳论古今；

相知不以万里远，

真情亘古千载吟；

四时常有花竞巧，

九子盛世粽争新。

2013 年 6 月 3 日

　　注：此作品乃端午节感怀，于 2013 年 6 月 3 日发表在中国全民记者网原创文学栏目。公元前 340 年，爱国诗人、楚国大夫屈原面临亡国之痛，于五月五日悲愤地怀抱大石投汨罗工。为了不使鱼虾损伤他的躯体，人们纷纷把竹筒装米投入江中，引鱼虾来食。以后，为了表达对屈原的崇敬和怀念，每到这一天，人们便竹筒装米，投入祭奠，这就是我国最早的粽子———"筒粽"的由来。《初学记》中有这样的记载：汉代建武年间，长沙人晚间梦见一人，自称是三闾大夫（屈原的官名），对他说："你们祭祀的东西，都被江中的

蛟龙偷去了，以后可用艾叶包住，将五色丝线捆好，蛟龙最怕这两样东西。"
于是，人们便以"菰叶裹黍"，做成"角黍"，世代相传，逐渐发展为我国
端午节食品。"目极千里崎岖路"一句引自"目极千里兮，伤心悲。"（《招
魂》）；"沧浪水浊梦断魂"引自"沧浪之水清兮，可以濯吾缨。沧浪之水
浊兮，可以濯吾足。"（《渔父》）；"四时常有花竞巧，九子盛世粽争新。"
两句引自唐玄宗李隆基的《端午三殿宴群臣探得神字》"四时花竞巧，九子
粽争新。"

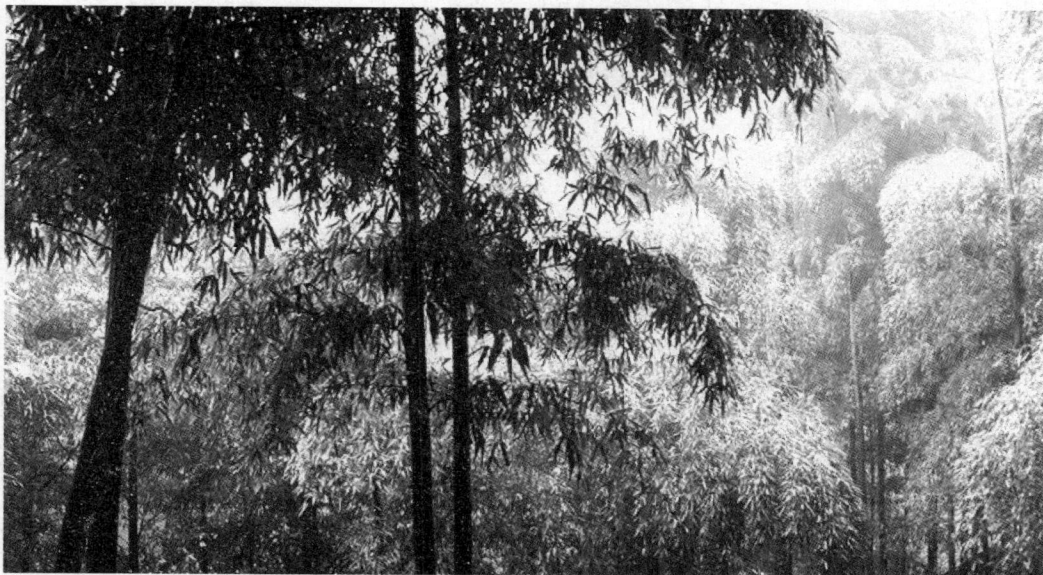

铜陵霜

江南皖情傲苍穹，

气肃而凝露结霜；

铜陵相映湖光美，

九华胜迹古韵扬。

2013 年 10 月 23 日

注：此作品乃霜降感怀，于 2013 年 10 月 28 日发表在中国全民记者网原创文学栏目。

江城子·雪

冰城冬日落飞花，

洁无暇，

地为家。

晶莹漫天，

仙女舞轻纱。

太阳岛上绽奇葩，

临江望，

好风光。

注：此作品于 2014 年 3 月 17 日发表在中国作家网原创栏目。

柳条湖感怀

秋色渐远见冬光，

萧瑟草木摇落凉；

闻知帅府悲情事，

怅惘千秋倍感伤；

残月折水稻草黄，

古柳寒杨子夜长；

风伴竹笛千里韵，

凭栏远眺意彷徨。

注：此作品乃"九一八"感怀，于 2013 年 11 月 18 日发表在中国全民记者网原创文学栏目，2013 年 11 月 18 日发表在中国作家网原创栏目。"九一八事变"，又称沈阳事变，奉天事变，柳条湖事件。

自远怀古情

人生飘忽百年内，

盛唐贤圣千载名；

杜甫饮尽有限杯，

李白酣畅无限情；

相顾漫游齐鲁地，

挥洒春光万里行；

畅饮狂歌泼翰墨，

遨游星空探月明。

注：此作品乃读李白、杜甫相顾漫游的感人故事而作。于 2013 年 11 月 18 日发表在中国全民记者网原创文学栏目，2013 年 11 月 18 日发表在中国作家网原创栏目。

贵友居

古街府地一小栈，

时有宾客尽心言；

借问酒家何所有？

浓烈甘泉盈樽酣；

伴君畅饮三两杯，

原浆润腑方欣然；

举目纵论山河颂，

横厄一鼻笑美谈。

注：此作品于 2013 年 12 月 1 日发表在中国全民记者网原创文学栏目，2013 年 12 月 2 日发表在中国作家网原创栏目。"古街府地一小栈，时有宾客尽心言；"两句喻指位于王府井南河沿大街的"贵友居"饭馆，当年时常和朋友来此而聚。

清平月

明月清风，今夕辞旧梦！星汉灿烂呈欣荣，回首诚思泉涌。云淡天高居远，钟情千仞之巅。守望崦嵫绵延，但愿鹈鴃无言。

2013 年 12 月 31 日

注： 此作品为子夜感怀，于 2014 年 1 月 2 日发表在中国作家网原创栏目。"守望崦嵫绵延，但愿鹈鴃无言。"引自屈原《离骚》诗句"望崦嵫而勿迫"、"恐鹈鴃之先鸣"。望崦嵫而勿迫——"吾令羲和弭节兮，望崦嵫而勿迫。"羲和：神话中太阳神的驾车者，弭节：放慢行车的速度，崦嵫 yān zī：神话中太阳所入之山；恐鹈鴃之先鸣——"恐鹈鴃之先鸣兮，使夫百草为之不芳。""鹈鴃"即杜鹃，鸣时百花皆凋谢，意思是我恐鹈鴃以先春分鸣，使百草华英摧落，芬芳不得成也。"崦嵫"集句联"望崦嵫而勿迫；恐鹈鴃之先鸣"，有抓紧时光，及时努力之意。

海市蜃楼

风起青萍飒然清，

一叶飞落知秋冬；

举目环顾白雾绕，

世外仙乡露峥嵘；

海市蜃楼何处有？

遥视汉江襄阳城；

广厦安落众民居，

寒士举杯敬卧龙。

注：此作品乃读2014年1月10日《楚天快报》，欣闻《襄阳现"海市蜃楼"，高楼远望仿佛悬在半空》，有感而作。"风起青萍飒然清"一句引自龚自珍《水调歌头·辛未六月二日风雨竟昼检视败簏中严江宋先生遗墨满眼凄然赋此解》词："风雨飒然至，竟日作清寒。""广厦安落众民居，寒士举杯敬卧龙。"两句喻指千万座"海市蜃楼"化作民众的安居楼房，使他们都有房住，得以安居的民众举杯相邀诸葛孔明法术显灵。此作品于2014年1月13日发表在中国作家网原创栏目，2014年1月13日发表在中国全民记者网原创文学栏目。

鹧鸪天·爱江山

勤务余暇思景乡，

山光水色诱痴狂。

栉风沐雨寻万卷，

跃上星云揽月章。

诗千行，

酒千觞，

心荡合泪赏银装。

琼楼玉宇拂袖去，

珍视江山莫彷徨。

注：此作品乃参观书画展览而作题画诗，于 2014 年 2 月 13 日发表在中国作家网原创栏目，图为画家胡杭茜绘画作品。

采桑子·上元夜

引吭高吟上元夜，

茶酒融情。

天寒心暖，

碧空彩花醉春秋。

话别亲朋散离愁，

诗意相留。

浩气腾远，

披挂清风别小楼。

注：此作品为 2014 年元宵夜感怀，于 2014 年 2 月 20 日发表在中国作家网原创栏目。

菩萨蛮

闲来品吟赏书画，
青山绿水好溪峡。
美景系衷肠，
情思念风光。

犹见峰峦立，
忽闻鹤鸣意。
南屏传钟情，
花茸援鸟行。

注：此作品乃题画诗，参观书画展有感而作，于 2014 年 3 月 1 日发表
在中国全民记者网原创文学栏目，图为画家胡杭茜绘画作品。

紫砂壶

荡起涟漪情绵绵，

香茗片片舞翩跹；

肚小量大容万念，

一杯入腹胜神仙。

注：此作品于 2014 年 3 月 12 日发表在中国全民记者网原创文学栏目，2014 年 3 月 14 日发表在中国作家网原创栏目。原诗为"荡起涟漪情绵绵，香茗片片舞其间；肚小量大容万念，一杯寸水泛波澜。"后发表时进行了修改。

清平乐·清明感怀

白云青叶，雨伴清明节。鸿鹄鹤鸣竹笛乐，松山永驻不竭。

谁念前贤撷英，天涯觅宗动容。心唤隔帘幽梦，花瓣双目纵横。

注：此作品乃清明节感怀。

咏纳兰

浸染华贵蕴忧伤，

书写忧美柔断肠；

字里行间透哀怨，

琴瑟和鸣著文章；

感人肺腑撼心魄，

情至酣处在沙场；

海纳百川华风劲，

幽兰朝露放清香。

2014 年 4 月 5 日

注：此作品乃读《纳兰词》感怀，于2014 年 6 月 24 日发表在中国全民记者网原创文学栏目，2014 年 6 月 25 日发表在中国作家网原创栏目。《纳兰词》作者纳兰性德，字容若，被誉为清朝第一词人，其词风淡雅又不乏真情实意，哀感顽艳却并不媚俗，字里行间，真情天然流动，饱含着美好的感情和纯真的激情，令人陶醉。

诉衷情·念陆游

铁骑长啸戍万里，天涯青梅际。谁知断肠寒灯，梦游清香语。

断壁墨，花溅泪，荡秋波。孤鹤归飞，荷花如锦，沈园清歌。

2014 年 7 月 5 日

注：此作品乃读陆游、唐琬词《钗头凤》感怀，于 2014 年 7 月 7 日发表在中国作家网原创栏目，2014 年 7 月 11 日发表在中国全民记者网原创文学栏目。

赌 书

赌书斗茶香，相知猜文章；

黄叶闭疏窗，西风不觉凉；

古文字画集，诗文有几行？

清照竞先机，明诚欲示强；

把盏含笑品，敬宾浇襟裳；

往事立残阳，只道是寻常。

2014 年 4 月 9 日

注：此作品乃读李清照《金石录后序》感怀。李清照的《金石录后序》是一篇散文，介绍了他们夫妇收集、整理金石文物的经过和《金石录》的内容与成书过程，回忆了婚后三十四年间的忧患得失，婉转曲折，细密详实，语言简洁流畅。这是一篇风格清新、词采俊逸的佳作，李清照把她对丈夫赵明诚的真挚而深婉的感情，倾注于行云流水般的文笔中，娓娓动人地叙述着自己的经历和衷曲，令人心驰神往，掩卷凄然。

母爱

吸吮乳汁润心田，

咿呀学语汉韵篇；

春夏秋冬布衣线，

儿行千里娘挂牵；

溯源母爱情深重，

孟诗韩笔赞圣贤；

含泪喜作夕阳颂，

唤取百孝在人间。

2014 年 5 月 11 日

注：此作品乃母亲节感怀，于 2014 年 5 月 12 日发表在中国作家网原创栏目，2014 年 5 月 12 日发表在口国全民记者网原创文学栏目。"孟诗韩笔"喻指孟诗韩笔是中唐时期以韩愈、孟郊为代表的一个诗歌流派。在诗歌创作中追求奇崛险怪方面，中唐时期著名诗人韩愈和孟郊的诗风有近似之处，后人论诗常以"韩孟"并举。又因韩愈以散文著称，孟郊以诗名世，当时有"孟诗韩笔"之誉。自古至今，人们都应该运用"孟诗韩笔赞圣贤"的风格来歌颂伟大的母亲及母爱。

端午夜话

细雨连绵敲檐窗，

雅致清远诵九章；

一帘幽梦珠泪满，

盈心托绪汨罗江；

灯火阑珊涟漪处，

龙舟飞渡传粽香；

举目望远山河颂，

莫忘忧国万世长。

注：此作品乃端午节感怀。"雅致清远诵九章"一句中的"雅致清远"喻指魏征在《隋书·经籍志》评价屈原之作"气质高丽，雅致清远，后之文人，咸不能逮"。

鹿城思语

轻雨和风天自凉，

荒漠甘泉有茶香；

天涯有尺心无际，

盛意浓情励图强；

千里河套沐春光，

湖泊映绿伴鸥翔；

长堤越桥迷人眼，

驰骋欧亚望故乡。

2014 年 6 月 5 日

注：此作品乃赴内蒙古包头出差感怀，于 2014 年 6 月 9 日发表在中国作家网原创栏目。

喜晴

胡琴炫人生，

古街觅幽韵；

连雨不知春，

一晴仲夏深；

才学存济世，

德信以立身；

忠厚承天德，

诗书启后昆。

2014 年 6 月 12 日

注：此作品为漫步京城古胡同感怀，于 2014 年 6 月 16 日发表在中国作家网原创栏目。

厚德载福

敏事慎言躬行远，

省身克己欲寡谦；

德滋福禄有余庆，

道涵寿喜资永年；

奇石尽含千古秀，

异草涵春绽芳颜；

读诗雅文循范训，

操守思齐见前贤。

注：此作品乃人生感悟，于 2014 年 6 月 27 日发表在中国作家网原创栏目，图为石胜广先生绘画作品。

石斛兰

一支红玫瑰，映照童心丹；

泛舟搏浪涌，扬帆无极限；

往事情悠悠，把酒泪涟涟；

道声养育恩，福寿比南山；

一盆石斛兰，三冬御严寒；

千里风雨路，任怨挺身担；

学海无陆阻，苦战能过关；

德正莫忘本，业兴永向前。

2014 年 6 月 15 日父亲节

注：此作品为父亲节感怀，于 2014 年 6 月 16 日发表在中国作家网原创栏目，于 2014 年 6 月 17 日发表在中国全民记者网原创文学栏目。父亲节是感恩父亲的节日，起源于美国的节日，现已广泛流传于世界各地，在每年 6 月的第三个星期日。节日里，子女佩戴红玫瑰表示对健在父亲的爱戴，佩戴白玫瑰表示对已故父亲的悼念。石斛兰，名为石斛，可入药，对人体有驱解虚热，益精强阴等疗效，其栽培方式一般为盆栽。由于石斛兰具有秉性刚强、

祥和可亲的气质，被誉为父亲之花。父亲节送石斛兰，表示坚毅、勇敢。石斛的花语是：欢迎、祝福、纯洁、吉祥、幸福。

沈园寄情

悠悠鉴湖水，

浓浓古越情；

忠贞翰墨迹，

不渝词碑清；

黄藤绕墙柳，

世情风月惊；

古道思心路，

泪涟浊水明；

桥下春波绿，

犹见惊鸿影；

断云幽梦事，

扁舟宋池行；

相知醉苍生，

愁叙冷翠亭；

二古锦书语，

元地寓诗境。

2014 年 7 月 5 日

注：此作品乃读陆游和唐琬《钗头凤》词感怀，于 2014 年 7 月 10 日发表在中国作家网原创栏目，2014 年 7 月 11 日发表在中国全民记者网原创文学栏目。至今尚存于绍兴沈园内的《钗头凤》词碑蕴藏着陆游与唐琬凄美动人的爱情故事，相传南宋爱国诗人陆游初娶唐琬伉俪情深，后被迫离异。公元 1151 年（绍兴 21 年），两人邂逅于沈园，陆游感慨怅然，题《钗头凤》词于壁间，极言"离索"之痛，唐琬见而和之，情意凄绝，不久抑郁而逝。晚年陆游数度访沈园，赋诗述怀。

书斋闲吟

拙笔耕书颂盛世，

身居斗室觅小诗；

卧榻思绪忆沧海，

纵臾伏案灯下痴；

艺苑群芳争艳丽，

游历四季展雄姿；

明月清风入佳境，

朝阳寻梦天自知。

2014 年 6 月 18 日

注：欣闻诗集《天涯漫记》入围第六届鲁迅文学奖，浮想联翩，深夜拙笔，回味往事；有感而作，于 2014 年 8 月 26 日发表在中国全民记者网原创文学栏目。

咏 德

一颗诚心父母恩，

碧玉无瑕品自珍；

莫因小利失大义，

仅为熊掌麻不仁；

因财忘本非贤士，

求名贪腐污灵魂；

吾辈永为凡人事，

扶贫济困心善真。

注： 此作品乃重温学习《社会主义核心价值观》感怀，于 2014 年 8 月 26 日发表在中国全民记者网原创文学栏目。

解字

先人造字寓意多，

不解其意则是过；

吃穿皆有才是福，

勤俭持家可避祸；

贪念只因常看贝，

狱中冥想枉自多；

廉洁广度吉祥事，

勤勉奉公为兴国。

注：福字，左为衣，右为一人一口田；贪为上今下贝，古称贝为钱。

咏兰亭

镜里云山书屏画，

杨柳深处有名家；

酒伴翰墨竹韵在，

曲水流觞聚贤达；

惠风和畅千古颂，

幽情辞章竞芳华；

诗家兴会空前盛，

永和春色在天涯。

注：此作品乃读王羲之《兰亭集序》感怀，于 2014 年 10 月 28 日发表在中国作家网原创栏目。据历史记载，公元 353 年，即东晋永和九年三月三日，王羲之与友人谢安、孙绰等名流及亲朋共 42 人聚会于兰亭，行修禊之礼，曲水流觞，饮酒赋诗。后来王羲之汇集各人的诗文编成集子，并写了一篇序，这就是著名的《兰亭集序》。"杨柳深处有名家"喻指位于崇山峻岭、茂林修竹，浅溪淙淙、幽静雅致的兰亭；"曲水流觞聚贤达"喻指当年王羲之等人坐在曲水岸边，有人在曲水的上游，放上一只盛酒的杯子，酒杯有荷叶托着顺水流漂行，到谁处停下，谁就得赋诗一首，作不出者罚酒一杯。

名道

名节重泰山，

沧桑觅正道；

纵览前贤士，

守义不自骄；

三餐求温饱，

勿剥民脂膏；

利欲莫熏心，

终身有逍遥；

一念误歧途，

千钧无救药；

苟图负罪事，

法网安可逃？

谨言寄诗情，

感慨留余褒。

注：此作品于 2014 年 11 月 5 日发表在中国作家网原创栏目。"感慨留余褒" 有借古喻今之意。喻指东汉时会稽太守刘宠清正廉洁，离任时，

郡中几个老人送给他一百文钱，刘宠只接受了一枚，当即掷入水中，从而芳名流传百世。图为赵娜女士绘画作品。

以权谋私----要想办事先拿"好处费"
【作者：赵娜】

春节真是个"野日子"
【作者：赵娜】

被金钱蒙蔽了双眼-----后果很严重！
【作者：赵娜】

怕"湿鞋"就会失"民心"
【作者：赵娜】

艺韵

如风笔墨醉半生，
林海山川痴狂梦；
人间万象用心看，
登临碣石听涛声。

注： 此作品乃观书画展感怀。

第二辑

田园风情

祝 酒 赋

登堂品茗多雅士，

觥筹交错无白丁；

琼浆滋味千般好，

楼盈福瑞长相迎；

横槊短歌江中月，

情怀如痴伴君行；

举杯豪饮少有醉，

胸怀天下百姓情。

2012 年 12 月 2 日

注：此作品于 2012 年 12 月 4 日发表在中国全民记者网原创文学栏目。

呼和抒怀

苍茫大地静如眠，

转瞬即到塞寨边；

鹅绒铺就春花梦，

端坐莲包待碧天；

青青丛草今不见，

悠悠我心盼来年；

久阔谈宴念旧情，

鸿雁思归莫等闲。

2012 年 12 月 27 日

注：此作品为赴内蒙古呼和浩特检查工作并慰问职工时所作，于 2012 年 12 月 29 日发表在中国全民记者网原创文学栏目。"久阔谈宴念旧情"一句在发表时改为"久别宴谈念旧情"，略显通俗易懂，"久阔谈宴"由曹操的《短歌行》"契阔谈宴，心念旧情"引申而来；"鸿雁思归莫等闲"喻指南飞的鸿雁为早日飞回草原而期盼春天的到来。

查干湖

碧波万顷水连天，

秋黄鱼肥正游娴；

待到春竹燃放时，

把头一呼尽开颜。

2012 年 10 月 12 日

注： 此作品乃观看电视新闻——春节期间查干湖捕鱼画面感怀。

冬捕

雪落松花江，

查干湖不见；

茫茫冰雪原，

犹如在天山；

昔日无际水，

蔚为多壮观；

隹跃春风至，

瑞丽兆丰年。

注：此作品乃观看电视新闻——春节期间查干湖捕鱼画面感怀，于2014年3月19日发表在中国全民记者为原创文学栏目。

雪润玉兰

（一）

倏忽一夜瑞雪来，

晨光初照润玉兰；

春寒料峭雾霾尽；

万物勃发绿蔚然。

（二）

雪化春雨景色新，

柳舒杨青草争春；

风光绮丽家园美，

润物丰年兆梦云。

2013 年 3 年 20 日于北京科技园

注：此作品乃雪后感怀。三月的清晨雪景令人心旷神怡，速拍照片数张，有感而作，于 2013 年 4 月 4 日被《中国文苑》古诗词栏目采用，2013 年 4 月 6 日发表在中国全民记者网原创文学栏目。

卜算子·雪中即情

京城覆银装，

莫疑地上霜。

阳春三月观景美，

瑞雪驱雾忙。

丰年涌麦浪，

芒种备满仓，

待到刈麦好时节，

喜报伴情扬。

2013 年 3 月 22 日

注：好友刘笑宇得知京城喜降瑞雪，北方春雪覆原，即作《卜算子.雪中即景》，并转发众亲友，我随即回复一首《卜算子.雪中即情》。

附：刘笑宇先生诗一首

卜算子·雪中即景

麦绿托银白，

金蛇狂舞新。

已是三月艳阳天，

瑞雪庆新春。

四月麦花扬，

翘首亦扎人，

待到饱满垂扣手，

报道丰收信。

2013 年 3 月 22 日

梨乡花韵

阳春三月寻盛景，
滹沱河畔有梨乡；
安济桥畔春意闹，
闻香探求花韵芳。

2013 年 4 月 5 日

注: 此作品描绘赵州梨花节的情景，在此季节，游客纷至沓来，观花看景，享受大自然的美景。于 2014 年 3 月 24 日发表在中国作家网原创栏目。

辽东行

孟夏时节赴辽东，

万物并秀仍从容；

长白岛上丰碑立，

浑河桥畔筑巢峰。

2013 年 5 月 5 日

注： 此作品乃立夏节感怀，于 2013 年 5 月 13 日发表在中国全民记者网原创文学栏目。立夏节气在战国末年（公元前 239 年）就已经确立了，预示着季节的转换，为古时按农历划分四季之夏季开始的日子。如《逸周书·时讯解》云："立夏之日，蝼蝈鸣。又五日，蚯蚓出。又五日，王瓜生。"即说这一节气中首先可听到蝼蝈（即：蝼蝈）在田间的鸣叫声（一说是蛙声），接着大地上便可看到蚯蚓掘土，然后王瓜的蔓藤开始快速攀爬生长，描述的就是孟夏之初的物候景象。立夏前后正是大江南北早稻插秧的火红季节，明人《莲生八戕》一书中写有："孟夏之日，天地始交，万物并秀。"这时夏收作物进入生长后期，冬小麦扬花灌浆，油菜接近成熟，夏收作物年景基本定局，故农谚有"立夏看夏"之说。"长白岛上丰碑立，浑河桥畔筑巢峰。"

喻指沈阳浑南开发区现代有轨电车项目所在地，单位综合检查组于立夏之日赴沈阳、松原检查工作。

辞友人

黑土积松原，

清水润盛京；

落日衔山居，

欣然万里行；

和兴同仁聚，

斗酒斟满情，

惜别倾壶尽，

陶醉不眠程。

2013 年 5 月 9 日

注： 此作品于 2013 年 7 月 10 日发表在中国作家网原创栏目。"清水润盛京"一句中的盛京喻指古时对沈阳的称谓。在赴松原、沈阳检查工作临别之际，同本单位同仁畅饮话别，有感而作，连夜乘列车回北京，身居"移动宾馆"，浮想联翩，彻夜难眠。

卜算子·问安

千里山相隔，

万水情缭绕。

蜀地震感心头响，

倍觉时空遥。

京畿望芦山，

盼君佳音报。

祈愿雅安吉祥日，

松竹梅不凋。

2013 年 4 月 20 日

注： 惊悉，据中国地震台网测定，北京时间 2013 年 4 月 20 日 8 时 2 分，在四川省雅安市芦山县（北纬 30.3，东经 103.0）发生 7.0 级地震，震源深度 13 公里。为此，向居于四川的朋友发出慰问短信。松"四季常青"；梅"傲雪挺立"；竹"宁折不屈"。松、竹、梅被世人合称为"岁寒三友"，一方面取其玉洁冰清、傲立霜雪的高尚品格；另一方面将其视作常青不老、旺盛生命力的象征。而"岁寒三友"也逐渐演变成为雅俗共赏的吉祥图案，

流传至今。此作品发表于 2013 年 4 月 22 日中国全民记者网原创文学栏目。

图为石胜广先生绘画作品。

望春城

思若海鸥落滇池，

遥视春城笔生景；

抚今追昔余韵在，

宛如妙语连珠生。

2013 年 5 月 12 日

注：此作品乃赴昆明出差途中所作，于 2013 年 5 月 18 日发表在《中国文苑》古诗词栏目。

游碧空

朝辞北京城，驾云凭鲲鹏；

久有凌云志，遨游在碧空；

遥视无际宇，俯瞰峨眉峰；

忽见岷山雪，白浪似排空；

饮杯巴蜀水，川韵寄真情；

脚蹬谢公屐，梦游天姥城；

步入蟠桃园，未见白鹿影；

似有猿啼鸣，坊间有回声；

耳畔传佳讯，顺风落春城。

2013 年 5 月 12 日于出差途中

注：此作品系 2013 年 5 月 12 日由北京乘航班赴昆明出差感怀，于 2013 年 5 月 13 日发表在中国全民记者网原创文学栏目。

望津门

一杯清茶道津门，

两杯醇酒放芬芳；

瞭望渤海景有际，

同仁相聚情无疆。

2013 年 5 月 16 日于天津

注：赴天津出差，在食堂就餐时，应单位同仁的要求，即席而作。此作品于 2013 年 5 月 18 日发表在《中国文苑》古诗词栏目。

诉衷情·唐山行

晨曦初露赴冀唐，心路里程枣。问缘神往何处？画意山水情长。

忆往事，惜流芳，叙衷肠。把酒临风，谈笑绽艳，业兴人强。

注：在由北京赴唐山津秦（天津—秦皇岛）客专四电集成项目部检查工作之际，对所见所闻，触景生情，有感而作，此作品于 2013 年 5 月 28 日发表在中国全民记者网原创文学栏目。

寒梅颂

山中自有千年树，

人间难寻百岁人；

纵有山径行无数，

正道沧桑探幽深；

欲问寒梅居何处？

雪峰绽艳不争春；

络绎八方赏梅客，

内涵底蕴永聚神。

注：此作品乃题画诗，为欣赏寒梅画展有感而作，于 2013 年 8 月 12 日发表在中国作家网原创栏目，2013 年 8 月 14 日发表在中国全民记者网原创文学栏目。图为石胜广先生绘画作品。

寒梅傲骨

甲午夏石胜才作

清心直道

善思须种书中粟，

公务勤耕心上田；

勿因声花忘政本，

须臾克己守俭廉；

慎独莫敛无悔事，

躬自厚薄思前贤；

循道国昌惠民意，

遵律安邦听管弦。

注： 此作品乃党内开展的群众路线主题教育实践活动感怀。"清心直道"喻指人品和官品，取自北宋包拯诗《书端州郡斋壁》，诗曰："清心为治本，直道是身谋。秀干终成栋，精钢不作钩。仓充鼠雀喜，草尽兔狐愁。史册有遗训，勿贻来者羞"。包拯一生有过不少诗词，但现存的仅此一首，且直抒胸臆其为官谋事之座右铭，并给后人以耐人咀英的无穷回味。"善思须种书中粟，公务勤耕心上田；"两句喻指要将从书中学到的知识运用于社会实践，以一颗善良之心忙于公务，奉献于社会；"循道国昌惠民意，遵律安邦听管弦。"两句喻指按客观规律办事，顺应民意方能定国安邦。此作品于 2013 年

8月26日发表在中国全民记者网原创文学栏目，于2013年8月27日发表在
中国作家网原创栏目。

蜂蝶咏

桂花飘香醉朦胧，

追云逐月隐花丛；

不惧风雨勤采撷，

含情送密甜心中；

彩蝶飞舞觅艳行，

一展双羽露颜容；

蜂蝶蹁跹花间语，

盛世人间献真情。

2013 年 9 年 21 日

注：此作品于 2013 年 9 月 22 日发表在中国作家网原创栏目。

金秋畅游感怀

漫迹天涯寻胜迹，

柔风细雨丽山川；

阅尽神州风云事，

寸草浓情蕴心间；

风坎青竹笛音袅，

霜打秋菊劲幽艳；

欲可何处晨光好？

露曦寒梅待群贤。

注：此作品于 2013 年 10 月 10 发表在中国全民记者网原创文学栏目。朋友李忠民阅后回复道：守住一月，以平和的心境守住那丰富、亮丽、金黄而充满暖暖的质感的光阴，然后朝气蓬勃地迎接下一个春天——欣读福昌《金秋畅游感怀》有感而发。

东篱游

笑谈风月吹管箫，

音符飘坠荡民谣；

竹板传声挂眉梢，

八旬老汉乐弯腰；

寻找最美好村官，

东篱采撷酬佳肴；

万户萧疏多旧事，

喜看江山尽娇娆。

注：此作品乃观看"寻找最美村官"活动感怀，于 2013 年 10 月 6 日发表在中国作家网原创栏目。"寻找最美村官"作为中央电视台大型公益活动之一，主要通过宣传农村优秀基层干部典型，弘扬社会主义核心价值观。

科技园掠影

深秋望月步庭园，

郁郁芳草幽香来；

循波丞韵杨柳处，

喷泉犹得浮光彩。

注： 此作品乃漫步北京科技园感怀。

清酌感怀

酒似唐诗酿才子，

茶如宋词育佳人；

诗仙把盏邀明月，

东坡品茗聚会神；

晨雾云霞幽林处，

崇山松涛万马喑；

追忆前贤多少事，

吾辈跟随愧望尘。

注：此作品乃同文学好友笔会感怀，于 2013 年 10 月 30 日发表在中国作家网原创栏目，于 2013 年 10 月 30 日发表在中国全民记者网原创文学栏目。

满庭芳·秋日望远忆故人

水抱南园，益清香远，马蹄湖畔箴言。春华秋实，寒窗透云烟。聚散天涯又会，目相视，叠翠无言。思良久，菡萏新开，柔水集蕴含。依依，鹏天阁，弗林德斯，把盏祝愿。望前贤雕塑，省身莫怠。而今重温旧梦，伯苓楼前斟君言。盼来年，千仞之巅，风光情无限。

2013 年 10 月

注：此作品为南开大学与弗林德斯大学校友联谊会感怀，于 2013 年 11 月 5 日发表在中国全民记者网原创文学栏目，2013 年 11 月 5 日发表在中国作家网原创栏目。菡萏（hàn dɑn）荷花的别称，又称莲花、水芝、水华、水芙、水旦、水芙蓉、泽芝、芙蕖、玉环、六月春、中国莲。

雾里观景

寒气凝雾织霾帐，

谁持彩练舞轻纱？

远望山色锁风口，

近看滩头栖鱼虾；

茫茫云海生丽色，

悠悠我心迎朝霞；

执壶畅饮观冬景，

独坐高楼品茗茶。

2013 年 12 月 8 日

注：连日的雾霾天气令人心情沉重，有感而作。此作品于 2013 年 12 月 9 日发表在中国全民记者网原创文学栏目，于 2013 年 12 月 9 日发表在中国作家网原创栏目。

茶缘

时常忙碌无闲暇，

偷得半日享清茶；

同友品茗三两杯，

可抵十年梦中榻。

注：此作品乃同朋友周末饮茶感怀，于 2013 年 12 月 17 日发表在中国全民记者网原创文学栏目，图为书法家佟若泽先生书法作品。

静夜思

子夜难眠喜眉梢，

遥望星空寻彩桥；

嫦娥飞天当空舞，

玉兔探月桂枝摇；

烛光劲燃中国梦，

千里婵娟度良宵；

五星映照月球面，

红旗招展宙宇飘。

2013 年 12 月 15 日

注：此作品乃观玉兔探月感怀，于 2013 年 12 月 16 日发表在中国作家网原创栏目，于 2013 年 12 月 17 日发表在中国全民记者网原创文学栏目。

喜鹊登枝

冰锁寒江鱼自吟，

垂柳含悲怨春迟；

天若有情鸟有意，

登枝泛绿正当时。

注：此作品乃观书画展有感，于 2014 年 1 月 21 日发表在中国作家网原创栏目，2014 年 1 月 22 日发表在中国全民记者网原创文学栏目，图为书法家佟若泽先生书法作品。

赠言三首

（一）

为有凌云多壮志，

心系电化万里行；

历经风雨谱新曲，

留取丹心映真情。

（二）

履职华铁数十载，

科技园里绽奇艳；

犹如嫦娥当空舞，

飞渡彩桥共婵娟。

（三）

喜鹊登枝寒梅笑，

杨柳含情报春时；

尽职履责馨香叶，

马腾千里奔佳期。

注：上述作品为本单位马建雄、王玉芝、冯丽娟三名同志退休赠言。

雪梅

寒雪梅枝摇，

凤送缕缕香；

凝神舒意气，

马年透吉祥。

2014 年 1 月 23 日小年

注：此作品乃观书画展有感。于 2014 年 2 月 12 日发表在中国作家网原创栏目。

游子吟

草木凋零梅自骄，

直面凄冷不惧寒；

颔首举杯邀明月，

心唤松竹伴身边；

西风拂面净周身，

江南芳草亦欣然；

漫迹天涯方舟渡，

昂首扬鬃迎春天。

注：春节将至，看到人们归心似箭的情景有感而发。此作品于 2014 年 1 月 28 日发表在中国作家网原创栏目。

春 雪

风劲寒威栖天涯，

春立夜来积雪深；

尽看山村无啼鸟，

犹闻草原万马吟；

车龙踯躅逍遥路，

扁舟荡漾小渔村；

寄语华夏往来客，

瑞雪兆丰福降临。

注： 冬季少雪，立春之日始，全国北方大部分地区普降大雪，为历史罕见，虽然给出行的人们带来了不便，但却是瑞雪兆丰年的开端，为此，与好友陈建忠、武文龙互发短信有感而作。此作品于2014年2月8日发表在中国全民记者网原创文学栏目。

附：陈建忠、武文龙两位朋友发来的咏雪短信。

咏雪　　　　雪

陈建忠　　　　　　武文龙

冬唤我来偏不来，　　瑞气祥云带雪归，

春立我就赠银装；　　百般飞羽醉琼瑶；

顽雪蛇年迷藏累，　　喜看京都初雪后，

马鸣唤醒送吉祥。　　银装素裹报春宵。

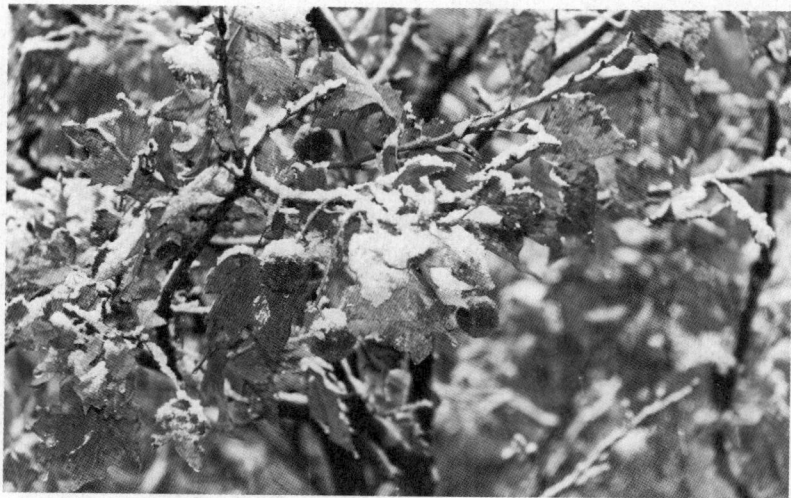

桃源悠梦

烟花三月春水流，

竹桥河畔荡轻舟；

青山倩影遥无际，

杨柳深处桃源悠。

注：此作品乃题画诗，于2014年2月25日发表在中国全民记者网原创

文学栏目。

梦 游

梦游天姥羡巍峨，

依稀亭中坐霞客；

檐牙小楼溪水过，

巡天遥看似银河；

吴刚对饮桂花酒，

嫦娥曼舞伴轻歌；

仙云漫卷十万里，

依恋海市蓬莱阁。

注： 此作品乃读李白《梦游天姥吟留别》之后进入梦境，午夜醒来有感而作，于 2014 年 3 月 17 日发表在中国全民记者网原创文学栏目。

春华秋实

庭院幽幽荡松枝，

春光满堂莲花池；

遥想当年植树事，

樱花绽放道情思；

挥锹舞镐浸瘠土，

提水衔泥燕来迟；

不为雾霾遮望眼，

满怀痴情正当时。

2014 年 3 月 28 日

注： 在当年工作过的办公楼召开工作会议，隔窗相望庭院美景，看到时任团委书记时所植花草树木，枝繁叶茂，草肥花香，浮想联翩，有感而作。此作品于 2014 年 3 月 31 日发表在中国作家网原创栏目，同日发表在中国全民记者网原创文学栏目。

踏青即事

绿水青山沐春风，

小溪淙淙绕山城；

远离闹市觅仙境，

梨园桃花踏歌行；

芳草柳巷鸟语馨，

细雨纷纷叙衷情；

日暮笙箫陶源聚，

莫辞盏酒豪气生。

2014 年 4 月 6 日

注：此作品乃假日郊游感怀，于 2014 年 4 月 14 日发表在中国全民记者网原创文学栏目。

小窗寄语

隔窗牵绪望故园，

微风拂面落露台；

杨柳扶影墨韵在，

月光映照静心斋；

秋雨黄叶随风落，

春草萌芽花自开；

清愁几许飘天外，

尽洒桑田圆梦来。

2014 年 4 月 16 日

注：此作品于 2014 年 4 月 18 日发表在中国作家网原创栏目。

咏蜜蜂

朵朵梨花散芬芳，

诱来蜜蜂酿闺房；

精雕细琢好工艺，

遍寻粉蕊劲梳妆。

注：此作品乃观书画展有感，于 2014 年 4 月 29 日发表在中国作家网原创栏目。

春意

柳唳春燕叶翠香，

花恋蜂蝶情悠扬；

低吟浅歌潇湘曲，

诗家挥毫愁断肠。

2014 年 4 月 18 日

注：此作品乃观春天景色感怀。

花 乡

京城丰苑漫清香，

百花争艳绽春光，

东风吹奏真情度，

增辉人间满庭芳。

　　注：此作品乃观北京市丰台区花乡花卉景色感怀，于 2014 年 4 月 29 日发表在中国作家网原创栏目。

菩萨蛮·石太路

杨柳飘絮春光路，穿山越岭晋域殊。故地忆当年，往事情连绵。

隔窗寻景趣，年轮遮眼帘。岁月莫无情，笑谈留人间。

2014 年 4 月 25 日

注：此作品乃乘高铁赴太原途中感怀，于 2014 年 4 月 28 日发表在中国作家网原创栏目。

夏夜赏月

举目巡天河，月下同友酌；

微风送倩影，吴刚伴嫦娥；

太白亭中看，飘香绕茶墨；

杯中浮日月，壶内轶事多；

花看半开时，酒饮微醺落；

醉里乾坤大，楼外是巍峨；

飞跃关山峰，未过岁月河；

梦觅汉唐韵，把盏莫蹉跎。

注：此作品乃夏夜赏月感怀。"花看半开时，酒饮微醺落；"一句中的"落"喻指酒饮至微醺后就应该休息了；"飞跃关山峰，梦觅汉唐韵"两句喻指跨不过岁月的滔滔长河，寻不尽文化的片片迷失。此作品于2014年5月19日发表在中国作家网原创栏目，2014年5月19日发表在中国全民记者网原创文学栏目。

观山望远

观山望远常平镇，

莞惠仲夏扎寨来；

欲问勤务何所惧？

骏马争先不拒载；

漫迹曲径通幽路，

数年征战兴未艾；

山光华悦和谐曲，

惟闻捷信尽抒怀。

2014 年 5 月 22 日

注：此作品乃赴莞惠（东莞—惠州）项目部出差有感，于 2014 年 5 月 26 日发表在中国全民记者网原创文学栏目，2014 年 5 月 27 日发表在中国作家网原创栏目。

夏夜纳凉

夏夜信步庭园中，

消除郁热到长亭；

犹感微凉好去处，

花草密树蝉在鸣；

少顷拾级石拱桥，

湖光波影景融情；

疲惫顿消无倦意，

冥思良久归宿营。

注： 此作品乃夏夜纳凉感怀，于 2014 年 5 月 26 日发表在中国全民记者网原创文学栏目。

郊 游

山村细雨后，黄鹂登枝头；

繁花茂叶配，彩桥映鱼游；

袅袅炊烟绕，潺潺溪水流；

美景笔难书，墨客尽可留。

注：此作品乃题画诗，于 2014 年 6 月 9 日发表在中国作家网原创栏目，图为画家胡杭茜绘画作品。

望晴空

清风拂面望蓝天，

心绪跃入白云端；

驰骋草原千万里，

紫燕轻舞彩蝶翩；

俯瞰平畴无垠田，

飞过五岳到人间；

真情融雪三冬暖，

挥毫泼墨四季研。

注： 此作品乃漫步庭院，仰望星空感怀，于 2014 年 6 月 27 日发表在中国作家网原创栏目。

苍天

舷窗行云一闪间，
翻山倒海渡泉台；
欲问何处藏玄机？
天宇应现慈悲怀。

2014 年 7 月 28 日

注：今年，马航、台航、阿航飞机先后出事，数百条鲜活的生命从天际消失，
天宇弥漫着悲伤……

咏 兰

木秀于林深山处，

幽兰植众不浮花；

偶有馨香世人赏，

芳名四海落万家；

身正梓涵君子气，

含笑冬寒度盛夏；

春潮秋月含绿艳，

吐露芬芳自高雅。

2014 年 8 月 23 日

注：此作品乃题画诗，于 2014 年 8 月 26 日发表在中国全民记者网原创文学栏目，图为国内杰出创新画家、旅欧著名画家席新民先生兰草作品。

题画诗

诗抒翰情寄馨颜，

墨韵溢彩画意间；

心藏岁月书万卷，

笔润春秋秀千山。

注：此作品乃观书画展作品感怀，图为画家胡杭茜绘画作品。

青竹

青筐竹韵送万家，
翰墨难书众佳话；
清身正气拨迷雾，
傲骨寒霜显芳华。

注：此作品乃题画诗。

菩提树

身心永植菩提树，

案前置放明镜台；

时时勤务常拂拭，

处处勿使惹尘埃。

注： 菩提树是一种常绿乔木，原产于印度，相传释迦牟尼曾经在菩提树下顿悟佛道。"身心永植菩提树"喻指为人处世要有定力，就像一棵树，根深深扎在土里，在各种物质利诱面前不动摇。

第四辑

玉岸拾贝

梅竹情韵

分别数日如三秋，

客居他乡咫尺行；

回望当年横槊勇，

梅骨竹韵香风鸣；

华夏之谊山水通，

文友君交纸上情；

甘若醴易非本愿，

永维大爱登义峰。

2013 年 1 月 10 日

注：此作品为发给中国书画艺术研究院院长高腾岳、中国产业经济信息网安全频道总编陈建忠、中国全民记者网总编武文龙先生的短信，于 2013 年 1 月 14 日发表在中国全民记者网原创文学栏目。"回望当年横槊勇，梅骨竹韵香风鸣；"喻指曹操横槊赋诗，以梅兰竹菊清雅淡泊的品质，表现一种人格品质的文化象征。图为石胜广先生绘画作品。

附：作家武文龙先生诗一首

横槊三顾不说频，当初一见便成宾；

万千感动心应记，管鲍之交可试金。

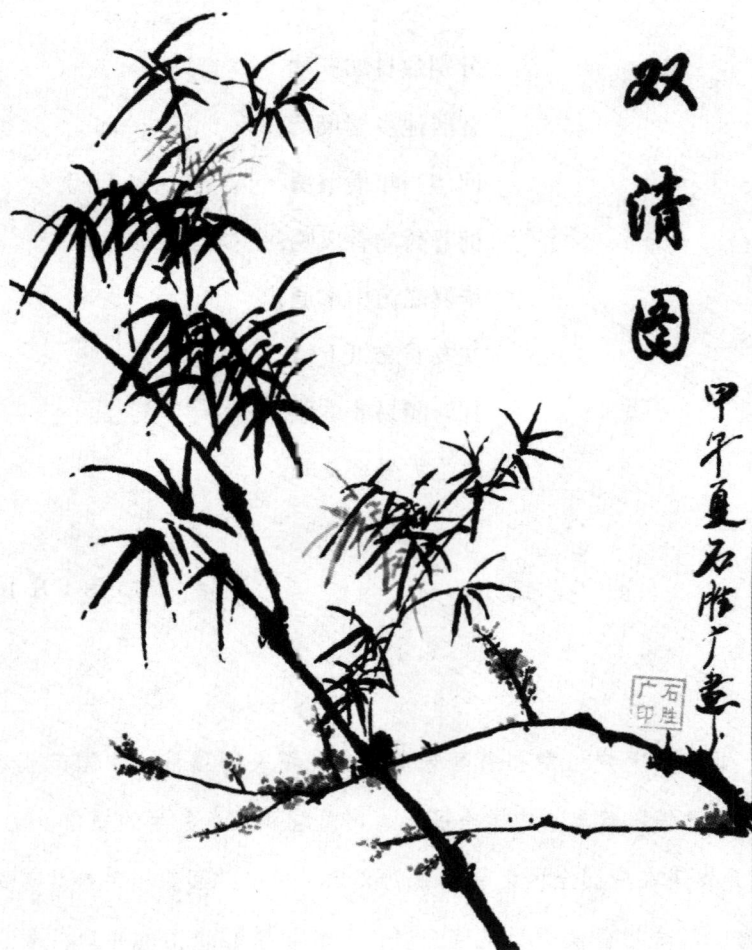

浣溪沙·赠友人

管鲍之交琥珀浓，

瓶封未启醉意融，

晚钟余音江南风。

渡湖通幽莫登岸，

长堤里外六桥通，

举杯遥对女儿红。

2013 年 2 月 6 日

注：“管鲍之交琥珀浓”一句中的“管鲍之交”喻指起源于管仲和鲍叔牙之间深厚友谊的故事，见《列子·力命》“生我者父母，知我者鲍子也。此世称管鲍善交也。”琥珀：松柏的树脂积压在地底亿万年而形成的化石，呈褐色或红褐色；琥珀浓，指酒的颜色很浓，色如琥珀。渡湖通幽：喻指由杭州西湖渡船到达茅家埠。长堤里外六桥通：喻指西湖长堤里外分布的六座桥。女儿红：指南方生产酿造的一种红酒。此作品于 2013 年 7 月 15 日发表在中国作家网原创栏目。

卜算子·望乡

宾客赴江南，

又忆岷山好；

山光水色各不同，

莫道君行早。

静观西湖景，

方念原上草；

穿越时空细俯瞰，

畅饮人正茂。

2013 年 2 月 18 日

注：此作品乃收到武文龙先生的短信之后有感而作，于 2013 年 3 月 28 日发表在《中国文苑》古诗词栏目。

附：武文龙先生的作品：

卜算子·离乡

沃雪覆辽原，

塞上夕阳暮；

最是盈盈草不堪，

羞把娇颜护。

车内暖风逐，

睡意阑珊顾；

暂敛亲情踏旅途，

重向京城驻。

浣溪沙·望天空

君念西风独自强，

涤荡尘沙净明窗，

沉迷草原恋夕阳。

诗情画意多凝重，

借酒浇书翰墨香，

不现雾霾乃寻常。

2013 年 2 月 28 日

注：此作品乃赴内蒙古出差感怀，于 2013 年 3 月 3 日发表在中国全民记者网原创文学栏目。蓝天白云，空气清新，从旭日东升到夕阳西下，呈现出全天候的美丽风光，联想到雾霾天气，别有一番滋味在心头。

以诗谢友

愿吟古诗未精通，

天道酬勤不放松；

涯上寻道勤为径，

漫步人间正道融；

记景摄物感天下，

伴咏细研获益丰；

君乐情怀寄岁月，

行者无疆趣无穷。

2013 年 3 月 16 日

注：此作品为诗集《天涯漫记》出版发行座谈会感怀，并答谢陈建忠、
武文龙等各位嘉宾，于 2013 年 3 月 27 日被《中国文苑》古诗词栏目采用，
2013 年 4 月 6 日发表在中国全民记者网原创文学栏目。

附：

以诗贺友

武文龙

诚心换得佳作出，
贺辞难书笔端情；
天道酬勤终不诬，
涯头风光君独领；
漫言长旅风霜苦，
记录人生谱光明；
面对江山美画图，
世间有我踏歌行！

藏心诗

陈建忠

春风许心愿，
明月永在怀；
天携才子去，
龙伴佳人来。

品味

一菜天然万古新，
豪华落尽见真淳；
炉火纯青农家味，
返璞归真小山村。

2013 年 6 月 18 日

注：此作品乃在农家饭馆就餐有感，于 2013 年 6 月 20 日被中国作家网原创栏目采用，图为书法家佟若泽先生书法作品。

念 友

仲夏时节诱靛蓝，

身居江南念秋颜；

飘絮应随疾风尽，

别离依稀逾三年；

短信传书似鸿雁，

忠义为本友乃先；

它日归途重逢时，

把酒颐神意涟涟。

2013 年 5 月

注：赴江南出差之时，北方尚有飞絮，身居仲夏的江南，却思念北方秋天的凉意；与朋友分别数日，却有如隔三秋之感，只能靠短信传递念情；切盼它日归来，开怀畅饮叙衷肠。此作品于 2013 年 5 月 20 日发表在中国全民记者网原创文学栏目。中国名家书画艺术院秘书长、作家武文龙先生见此后便回复七言诗一首。

附：武文龙先生诗一首

怀 友

涟涟孔怀情谊深，

思君常在不觉间；

短信电邮作双鲤，

遥将关山一线牵。

举目前程说漫漫，

奔波还忆横槊酣；

展眼斜晖无寂寥，

长吟暂记此阑珊。

满庭芳·西湖感怀

　　风柔雨淅，叶茂云开，澜心佳树清园。峰塔临近，别梦似云烟。游人如织闲乐，断桥边、碧波粼澜。凭阑久，曲院风荷，垂柳伴飞燕。清静，望平湖，三潭印月，稳居客船。履职思身外，漫迹寻贤。同仁多情旧梦，何似蓬瀛听管弦。君子谊，淡酒金樽，浓意醉人眠。

　　注： "曲院风荷，三潭印月"乃西湖景点，端午时节，闲暇之余跟同事漫步此地有感而作。此作品于2013年6月10日发表在中国全民记者网原创文学栏目。

曲院风荷

最恋人间六月天，

曲院风荷自无言；

四季不与风光语，

莲叶荷花自怡然；

和风徐来拂人面，

酒香飘逸寻冷泉；

欲问客家何处居，

断桥埠头荡客船。

2013 年 6 月 19 日夜于西子湖畔

注：“曲院”原是南宋朝廷开设的酿酒作坊，位于今灵隐路洪春桥附近，濒临当时的西湖湖岸，近岸湖面养殖荷花，每逢夏日，和风徐来，荷香与酒香四处飘逸，令人不饮亦醉。南宋诗人王洧有诗赞道：“避暑人归自冷泉，埠头云锦晚凉天。爱渠香阵随人远，行过高桥方买船。”后曲院逐渐衰芜，湮废。清康熙帝品题西湖十景后，在苏堤跨虹桥畔建曲院风荷景碑亭。曲院风荷最引人注目的仍是夏日赏荷。公园内大小荷花池中栽培了上百个品种的

荷花，其中特别迷人的要数风荷景区。此作品于 2013 年 6 月 30 日发表在中国全民记者网原创文学栏目。图为石胜广先生绘画作品。

廉者如莲

甲午夏胜广

临江仙·信步绕西湖

雨歇清润杭城，闲来环湖信步。南屏晚钟唤秋月。峰塔傲然耸，夜阑风静时。
竹笛箫声袅袅，极光婀娜婷婷。举目尽收风光好。垂柳舞倩影，客船寄余生。

2013 年 6 月 16 日夜

注： 此作品于 2013 年 6 月 17 日发表在中国全民记者网原创文学栏目，
2013 年 6 月 17 日发表在《中国文苑》古诗词栏目。

苏堤春晓

半壁诗画透明窗，

一顷墨池书万象；

唐风宋韵达意境，

词言索律映风光；

苏堤六桥寻贤道，

拟声绣水绘绿装；

映日荷花别有致，

茶伴莲叶醉梦乡。

2013 年 6 月 19 日于西子湖畔

注：苏堤南起南屏山麓，北到栖霞岭下，全长近三公里，他是北宋大文学家、书法家苏东坡任杭州知州时，疏浚西湖，利用挖出的葑泥构筑而成。后人为了纪念苏东坡治理西湖的功绩将他命名为苏堤。长堤卧波，连接了南山北山，给西湖增添了一道妩媚的风景线。南宋时，苏堤春晓被列为西湖十景之首，元代又称之为"六桥烟柳"而列入钱塘十景，足见它自古就深受人们喜爱。春夏时节，杨柳夹岸，艳桃灼灼，更有湖波如镜，映照倩影，无限

柔情。最动人心的，莫过于晨曦初露，月沉西山之时，轻风徐徐吹来，柳丝舒卷飘忽，置身堤上，勾魂销魂。此作品于 2013 年 6 月 19 日发表在中国全民记者网原创文学栏目，并于 2013 年 6 月 20 日被中国作家网原创栏目采用。

江南情韵

笑看风月对天唱，

有梦不觉夜漫长；

江南青竹谱笛韵，

西子湖畔图奋强。

2013 年 6 月 16 日

注：此作品于 2013 年 6 月 20 日被中国作家网原创栏目采用，图为书法家佟若泽先生书法作品。

游河坊街

寻访宋都古城韵，

品读千年文化情；

琼楼玉宇排天外，

漫步河坊史话行；

云林禅寺烟雨中，

万松书苑翰墨兴；

六合听涛云水笑，

丹心映月万年青。

2013 年 6 月 20 日晚于杭州河坊街

注： 河坊街，是一条有着悠久历史和深厚文化底蕴的古街。它曾是古代都城杭州的"皇城根儿"，更是南宋的文化中心和经贸中心。河坊街为杭州历史文化街区，街上最具影响的有胡雪岩故居和朱炳仁铜雕艺术博物馆，成为此街的一大亮点。河坊街于 2002 年十月开街，改建后的河坊街体现了清末民初风貌，重在突出文化价值，营造以商业、药业、建筑等为主体的市井文化，保持其历史的真实性、文化的延续性和风貌的整体性，同时确定河坊街为步

行街。此作品于 2013 年 6 月 25 日发表在中国作家网原创栏目，2013 年 6 月 26 日发表在中国全民记者网原创文学栏目。

访龙井村

狮峰山下寻御道，

慕名拜访龙井村；

东坡客居龙泓亭，

谈茗论道察古今；

溪洌甘泉情欲滴，

篝火茶香入脾心；

千金散尽不复来，

唯有饮品留其韵。

2013 年 6 月 23 日

注： 相传清代乾隆皇帝巡游江南到杭州时，来到西湖茶区的龙井村狮子峰胡公庙前面桥边，在庙前的茶地上采了茶，后人就把乾隆采过的茶称为"御茶"，共有十八棵茶树，民间遂称为"十八棵御茶"。山壁下的水池，镌有"老龙井"三字，乃苏轼所书。辩才法师在狮峰山麓开山种茶，后人尊师为"龙井茶鼻祖"，因为道行高深，当时名流雅士纷纷慕名前来，苏东坡就时常入山拜谒，与他品茗论道。重新修缮的辩才塔，新建的胡公馆、辩才亭、龙泓亭等景观，为这个有着深厚历史文化底蕴的茶园着上了浓浓的笔墨。深入农

家茶坊，品茶谈宴，别有情趣。此作品于 2013 年 6 月 24 日发表在中国全民记者网原创文学栏目，2013 年 6 月 25 日发表在中国作家网原创栏目。图为书法家佟若泽先生书法作品。

天堂寓人间

西子湖畔，水月流年，何似在人间；

碧波荡漾，风雨云烟，可堪佳人还；

平湖秋月，雷峰夕照，苏堤一线牵；

曲院风荷，柳浪闻莺，白堤景无限；

三潭印月，花港观鱼，游人集岸边；

苏堤春晓，南屏晚钟，随心弹管弦；

双峰插云，断桥残雪，冬夏依天然；

江南一景，华夏金线，风采寰宇莲。

2013 年 6 月 26 日深夜于杭州

注：此作品将西湖十景点缀在一起，涵盖了整个西湖景观。西湖十景各擅其胜，组合在一起又能代表古代西湖胜景精华；十处特色风景，形成于南宋时期，基本围绕西湖分布，有的就位于湖上。此作品于 2013 年 6 月 27 日发表在中国作家网原创栏目。

西湖乐泉鸣

堤岸翠柳摇古韵，

碧潮清波荡泛舟；

乐泉随心喷作浪，

八音合奏化福悠；

依稀鸟语林中叙，

忽闻泉声峡谷幽；

欲问何似人间好？

横笛吟诗华夏游。

2013 年 6 月 29 日

注：此作品为观西湖音乐喷泉感怀，于 2014 年 2 月 20 日发表在中国作家网原创栏目，同日发表在中国全民记者网原创文学栏目。西湖音乐喷泉位于湖滨三公园附近湖面上，长 126 米的音乐喷泉在夜晚和白天均可向游客展露迷人的风姿，时而波涛汹涌，时而婉约动人，吸引了众多游客。音乐喷泉通过千变万化的喷泉造型，结合五颜六色的彩光照明、水形的变化，充分反映音乐的内涵及音乐的主题。一般情况下，高音区的音符经常和明亮的视觉

感受、积极或快乐的情态感受等联系在一起，低音区的音符经常和昏暗的视觉感受、消沉或哀伤的情态感受等联系在一起；舒缓的节奏容易让人感受到开阔的空间或较为平静的情绪，而急促的节奏则容易让人感到空间狭窄、情绪躁动等等。欣赏着五颜六色灯光的音乐喷泉，则能体会到西湖给人以别样的迷人之处。图为书法家佟若泽先生书法作品。

云水光中亭

云水光中亭一座，

宝石山下梦断桥；

烟霞影里梧桐恋，

许仙画舫映妖娆；

常记湖亭日暮时，

畅谈心事摇芭蕉；

前贤若见此时景，

疏影横斜颔首翘。

注： 云水光中亭位于西湖断桥侧畔，临湖而筑，黛瓦朱栏，是湖畔著名水榭之一，是白堤的始点。在此可远眺外湖漾漾水色，近赏里湖连天荷叶，令人思绪悠远深长。宋代诗人赵汝愚曾写过一首词，专咏这里的景色："水月光中，烟霞影里，涌出楼台。笙外萧笙，云间笑话，人在蓬莱。天香暗逐风回。正十里、荷花盛开。买个扁舟，山南游遍，山北归来。"水榭中"断桥残雪"碑亭，碑文为清康熙皇帝御笔。此作品于 2013 年 7 月 2 日发表在中国作家网原创栏目。图为书法家佟若泽先生书法作品。

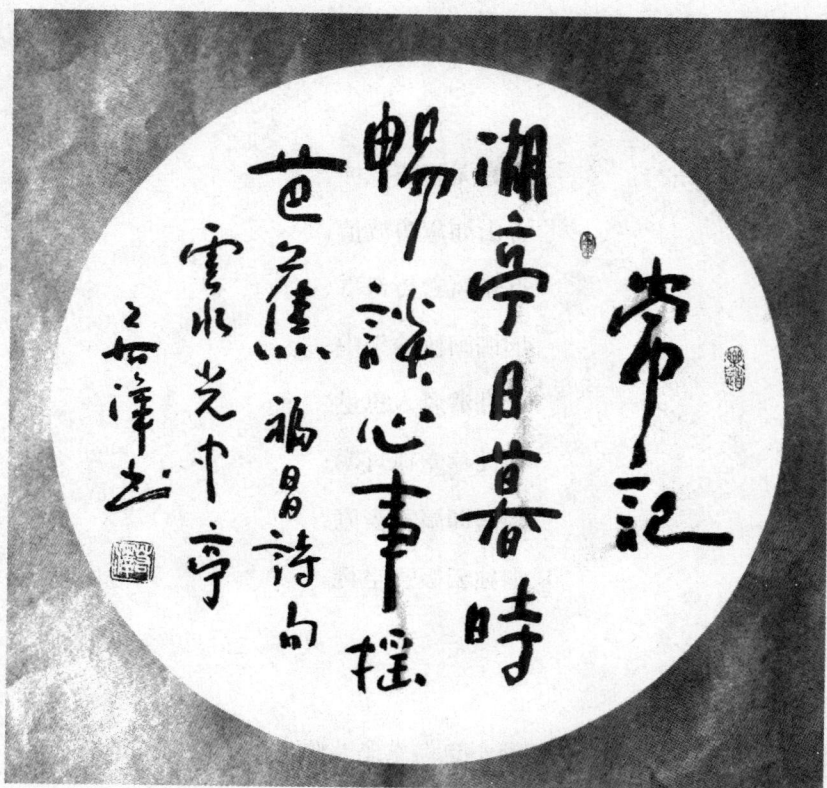

寂照亭

闲庭无意揽乾坤，

青山如黛碧波情；

百年风云传奇事，

烟柳画桥翰墨中；

秋月清风人思量，

马氏草堂孤灯明；

闲居即事寄啬庵，

幽独云极碧空行。

注：寂照亭坐落于杭州西湖小南湖东北兰陔别墅东园，民国初年建。"马氏草堂孤灯明"一句中的马氏喻旨马一浮先生，他是中国国学大师、一代儒宗，是诗人、书法家、篆刻家，他对文字学、古典文学及哲学均深有造诣，一生著述宏富，有"儒释哲一代宗师"之称；周恩来总理曾称他是"我国当代理学大师"；是引进马克思《资本论》的中华第一人。"闲居即事寄啬庵"一句引自马一浮的诗《闲居即事寄啬庵》；"幽独云极碧空行"一句引自白居易《闲居》中的"幽独已云极，何必山中居。"此作品于 2013 年 8 月 26 日发表在中国作家网原创栏目，当日被中国全民记者网原创文学栏目采用。

观湖望潮

江上春潮落，

西湖泛波澜；

远望寻秋色，

钱塘浪滔天；

鸿雁飞千里，

回望大草原；

月照茅家埠，

悠然荡客船。

注：盛夏时节，杭城酷热，人们却思恋秋天，渴望钱塘大潮和内蒙古大草原，夜晚时分尚有人泛舟畅饮，此乃悠哉，见此情景，有感而作。

断桥

彩桥飞架风荷中，

掠影雕栏露峥嵘；

湖光映照许仙树，

微波荡漾游碧空；

踏浪静思云端坐，

犹见店铺生意隆；

传奇佳话今安在？

真情轶事古今同。

注："许仙树"喻指在断桥边大树上看戏的许仙被白娘子看见，演绎了一出千古传奇；"犹见店铺生意隆"喻指许仙开的药店生意兴隆。

送 别

杯盈情满心意浓，
谁欲煮酒迎三春；
燃尽严寒冬梅笑，
遥惊豪气欢醉人；
泪眼惺忪湿满巾，
横笛长箫梦断魂；
相如文君把酒酌，
执壶衔肴到清晨。

注："相如文君把酒酌，执壶衔肴到清晨。"喻指西汉司马相如曾经开酒店，其妻子卓文君卖酒，二人亲自为客人斟酒夹菜，热情有加，彻夜未眠，借此喻指朋友分别时依依不舍的情景。此作品于 2013 年 7 月 18 日发表在中国全民记者网原创文学栏目，2013 年 7 月 19 日发表在中国作家网原创栏目。

咏君情

万水千山情相连，

键盘琴音意绵绵；

传递心中风云事，

激扬文字诗为言；

君心吾意翰墨路，

对饮赏月在客船；

春色满园关不尽，

笑谈人生尽开颜。

注：与中国书画艺术研究院院长高腾岳、求是网总编室主任陈建忠、中国名家书画艺术院秘书长、作家武文龙诸君交往多年，互勉共励，感受颇深，此作品乃友情感怀。此作品于2013年7月22日发表在中国全民记者网原创文学栏目，2013年7月23日发表在中国作家网原创栏目。

夏日赏荷

夏日赏荷分外兴，

莲叶展羽浆池中；

清香飘逸人自醉，

和风徐来更从容；

不惧冷泉和骤雨，

洁白一世不染名；

人倚花姿两相恋，

丹心化作满江红。

注： 此作品为在西湖白堤赏荷有感。此作品于 2013 年 7 月 30 日发表在
中国全民记者网原创文学栏目，于 2013 年 7 月 31 日发表在中国作家网原创
栏目。图为求是网副总编陈建忠先生提供。

青山相送迎

山路长，水路长，越桥穿岭勇飞翔，何惧风雨狂？
诗千行，泪千行，情融心中意里藏，韵味寄衷肠！

2013 年国庆节

注：此作品乃国庆节假日感怀。于 2013 年 10 月 10 发表在中国全民记
者网原创文学栏目。

菩萨蛮

风情水景赏诗画，
闲暇循道访山峡。
屋内思断肠，
天外乃芬芳。

花美叶配绿，
峰俊呈顶立。
未闻壑钟鸣，
碧水流琴声。

2013 年国庆节

　　注：此作品乃国庆节假日感怀。于 2013 年 10 月 10 日发表在中国全民记者网原创文学栏目。

寒冬寄友

华夏行万里，
遐思居天涯；
江上渔火明，
客船品茗茶；
游历查干湖，
冬捕浪淘沙；
离离原上草，
岁寒春有芽；
塞北飞鸿雁，
幽林居寒鸦；
悠悠今古事，
松竹赛冰花。

2013 年 11 月 30 日

注：此作品于 2013 年 11 月 30 日发表在中国全民记者网原创文学栏目，于 2013 年 12 月 2 日发表在中国作家网原创栏目。

临行寄远

苦辣酸甜一杯酒，

天南地北十年情；

桃李芬芳长明夜，

犹见花烛伴众灯；

世若无墨泼酒茶，

人间何趣山水行？

遥忆秋夜风雨骤，

喜看春光东方明。

    注：此作品乃与君友相逢别离之感怀，于 2013 年 12 月 31 日发表在中国作家网原创栏目。

赏 竹

虚怀劲骨铸自身，

刚直不阿拒凡尘；

高风亮节沥风雨，

化作竹桥渡佳人；

东坡酣畅吟如宾，

板桥淋漓著诗文；

舒同静坐黄昏颂，

不与桃李竞芳春。

注：此作品为赏竹感怀，于 2013 年 8 月 1 日发表在中国作家网原创栏目，图为石胜广先生绘画作品。

高风亮节

甲午夏石胜广画

日 月 同 辉

日隐峰峦环宇行，

月浮东海映彩虹；

群莺吟唱黄昏颂，

一抹银纱罩碧空；

无意渲染波涛景，

但愿领略人间情；

周而复始合天地，

循道春夏聚秋冬。

注：此作品于 2013 年 12 月 23 日发表在中国作家网原创栏目，于 2013 年 12 月 27 日发表在中国全民记者网原创文学栏目。

诗缘

心生诗情抒己言，
耳听壑鸣绘千山；
眼观日月读万卷，
脚蹼云风奔高原；
酒醺豪气冲霄汉，
茶苑沥胆润墨涵；
伏案疾书春秋事，
文字跳跃舞键盘。

注：此作品乃同诗友交流体会感怀，于 2013 年 12 月 31 日发表在中国作家网原创栏目。

诗路情

词情涵韵千年风，

尽销魂魄觅诗丛；

扬眉挥洒唐宋路，

山光水色济苍穹。

注：此作品乃同诗友交流体会感怀，于 2014 年 2 月 13 日发表在中国作家网原创栏目。图为书法家佟若泽先生书法作品。

思远人

杨柳桃花春意闹，

千里念故交。

飞燕衔情，

思语无声，

寄书心中萦。

朝云梦断知何处？

思绪珠泪流。

拙笔闲来墨，

润含宇路，

丝雨迟飘落。

注：此作品乃同文学界朋友交流问候感怀，于 2014 年 2 月 24 日发表在中国作家网原创栏目。

春 思

纯酒一杯蕴真情，

花繁叶茂念故人；

犹闻芳草浅吟唱，

远山竹笛萦裳音。

注： 此作品乃念友感怀，于 2014 年 4 月 3 日发表在中国作家网原创栏目。

后记

　　年轮飞转，日月如梭，一年四季的更替，如流水般的逝去；时光静好，生命如歌，每天都踏着人生的节奏，谱写着不同的音符，于是，一辑《岁月浅歌》便随念产生了；每逢节假日外出郊游，那些鼓楼、古街、名山名胜、山川秀水所蕴含的古韵，无不衬托出中华民族的古朴民风，因之一辑《古韵流芳》便又随之汨汨而出了；高楼林立、车水马龙，紧张喧嚣的都市生活令人油然而生出对美好大自然的憧憬，于是一辑《田园风情》又徐徐落入笔端；适逢宋都杭州出差月余，为了缓解一天工作的紧张气氛，时常于清晨、傍晚与同事漫步西湖、御街，一位领导对我半开玩笑：如此美景，若不写出点儿什么，将枉来一趟！顿时，怦然心动，于夜深人静，欣然命笔，则是《玉岸拾贝》的由来。

　　得益于中国文联出版社的大力支持和帮助，诗集《天涯絮语》顺利出版。在成书过程中，中纪委监察部的领导给予我大力支持和鼓励；中国政法大学博士生导师刘根菊教授和《中国法学》杂志总编辑、中国刑事诉讼法学研究会顾问、中国政法大学周国均教授对我的教诲和指导令我终生难忘；中国书画艺术研究院院长、《东方杂志》社社长高腾岳先生，国内杰出创新画家、旅欧著名画家席新民先生，求是网副总编陈建忠先生，中国全民记者网总编、作家武文龙先生，书法家佟若泽先生给予了鼎力帮助和支持；在付梓之际，深表谢意！本书的出版深得我的家人、单位同事及同学校友的大力支持，社

226

会各界许多朋友也十分关心本书的出版，并给予我很多有益的指导和鼓励，谨在此一并致以诚挚的谢意。书中不足之处，敬请读者朋友指正。

孙福昌

2015 年 1 月 28 日于北京